光文社文庫

文庫書下ろし／傑作時代小説

潮騒の町

新・木戸番影始末㈠

喜安幸夫

光　文　社

この作品は光文社文庫のために書下ろされました。

目次

江戸市中略図
日光御成街道
中山道
駒込
白山
日暮里
根岸
小塚原
新吉原
日本堤
隅田川
寺島村
長命寺
猿若町
竹屋之渡し
小梅村
雑司ヶ谷
護国寺
大塚
御薬園
小石川
寛永寺
東叡山
本郷
不忍池
東本願寺
浅草寺
吾妻橋
源森川
業平橋
雷門
竹町之渡し
伝通院
江戸川
高田馬場
下谷広小路
新堀川
浅草駒形堂
御蔵前通り
北割下水
早稲田村
牛弁天
神田明神
御徒町
大川
牛込
神田川
湯島
昌平橋
外神田
向柳原
石原町
本所
神楽坂
水道橋
表猿楽町
浅草橋
御米蔵
両国橋
御竹蔵
南割下水
番町
田安御門
雉子橋御門
一橋御門
神田橋御門
筋違橋
内神田
柳原土手
両国広小路
回向院
二ツ目之橋
三ツ目之橋
亀戸村
市谷
米沢町
薬研堀
一ツ目之橋
竪川
小伝馬町
大伝馬町
御材木蔵
四谷
常盤橋御門
横川
新大橋
北町奉行所
葺屋町
小名木川
半蔵御門
麹町
千代田城
江戸橋
日本橋
万年橋
深川
忍町
左門町
西之御丸
南町奉行所
数寄屋町
日本橋川
仙台堀
平河町
組屋敷
八丁堀
永代橋
千日坂
赤坂御門
外桜田御門
霊岸島
富岡八幡宮
元赤坂町
永田町
虎之御門
新シ橋
京橋
楓川
木場
幸橋
木挽町
石川島
越中島
洲崎
溜池
愛宕下
土橋
三十間堀
西本願寺
佃島
氷川明神
新下谷町
芝口橋
汐留橋
青山原宿町
東海道
神谷町
増上寺
濱御殿
六本木
飯倉片町
中之橋
赤羽橋
渋谷村
金杉川
麻布村
下渋谷村
善福寺
一ノ橋
二ノ橋
三田町
将監橋
金杉橋
芝
江戸湊
麻布広尾町
古川町
三ノ橋
上目黒村
天現寺
薩州蔵屋敷
古川
四ノ橋
渋谷広尾町
麻布
泉岳寺
泉岳寺門前町
袖ケ浦
北
東
南
西
下目黒村
目黒川
白金
御殿山
次頁拡大図
品川北
大崎村
桐ヶ谷
品川南

泉岳寺周辺略図
古川町
古川
永松町
功運寺
豊岡町
通新町
横新町
芝田町
薩州蔵屋敷
元札辻
東海道
黒鍬組屋敷
魚籃坂
三田八幡神社
三田北代地町
魚籃観音
大円寺
三田台町
伊皿子台町
伊皿子坂
細川越中守屋敷
大御番組
車町横町
代地樹木谷
下高輪台町
高札
縄手道
長應寺
車町
高輪大木戸
三田南代地
泉岳寺
(赤穂四十七士の墓)
泉岳寺門前町
如来寺
木戸番小屋
大仏
太子堂・庚申堂
高輪北町
二本榎町
高輪北横町
袖ケ浦
高野寺
高輪中町
東禅寺
高輪南町
白金猿町
高山稲荷
御用地
品川台町
松平大和守屋敷
品川歩行新宿一丁目
御台場
品川歩行新宿二丁目
猟師町
善福寺
御殿山
大崎村
北馬場町
品川北本宿
品川橋
目黒川
品川南本宿
北
東
南
西

門前町厄払い

一

「せめて今宵《こよい》は、門竹庵《もんちくあん》のお客人《きやくじん》であってくだされ」

「そうですよ。杢之助《もくのすけ》さんは命《いのち》の恩人なんですから」

あるじの細兵衛《さいべえ》が言えば、妹のお絹《きぬ》も懇請《こんせい》する。

町の木戸番人にと要請した人物に、

「あしたから」

と、言っているのだ。

門竹庵は泉岳寺門前《せんがくじもんぜん》にある細工物《さいくもの》をもっぱらとする工房で、竹を細かく割って扇《せん》子《す》や提灯《ちようちん》の骨を削り、組み合わせている。職人が幾人かいる作業場では完成品までつくり、おもて通りの商舗《みせ》ではその商《あきな》いもしている。

材料は泉岳寺の裏手が寺領の竹林になっており、そこから伐《き》り出しているため、

〝霊の宿ったありがたい細工物〟との評判があり、作業場も商舗も江戸府内から品《しな》川宿《がわしゅく》にまで知られ、堅実な商いをつづけている。

あるじの〝細兵衛〟という名は、門竹庵で代々受け継がれている由緒《ゆいしょ》ある名で、〝細〟はむろん、竹細工の〝細〟である。

天保《てんぽう》九年（一八三八）卯月《うづき》（四月）あたま、日射しのある昼間はまともに夏を感じるころだった。

お絹の言う〝命の恩人〟などとは大げさな言いようだが、実際そうなのだ。杢之助はある仕事を請負い、東海道中《とうかいどうちゅう》にあった際、母娘に出会った。盗賊に命を狙われたお絹とお静《しず》の母子を護《まも》り、小田原《おだわら》から高輪《たかなわ》までの道中で、杢之助は盗賊を二人、人知れず葬《ほうむ》っているのだ。

「いや、儂《わし》は広い座敷でふわふわの布団《ふとん》など、かえって落ち着きませんじゃ。さっそく今宵から番小屋のほうへ」

と、逆に杢之助のほうから頼み、その日のうちに夜具一式を用意してもらい、泉岳寺門前町《もんぜんちょう》の木戸番小屋に入った。

住み慣れた四ツ谷左門町《よつやさもんちょう》や両国米沢町《りょうごくよねざわちょう》と違って、昼も夜も波の音が絶え間ないとはいえ、そこが木戸番小屋とあっては、小田原からの道中に張りつめた思いも、自然とやわらいでくる。しかも泉岳寺一帯が、江戸町奉行所の手が及ばない高輪大《たかなわおお》木戸《きど》の外であれば、なおさら安堵《あんど》を覚えるのだった。

泉岳寺門前町に老舗《しにせ》の暖簾《のれん》を張る門竹庵細兵衛が、

「――さようでございますか。杢之助さんはお若いころには飛脚《ひきゃく》でここの街道を何度も走られ、歳経《としふ》ってからは江戸御府内で、町々の木戸番人をしておいででございましたか」

と、杢之助の来《こ》し方《かた》を聞いて目を輝かせ、

「――ちょうどようございました。門前町《うち》の木戸番小屋が空いており、住まう者がおりませんじゃ。どうでしょう、しばしこの町にわらじを脱いでみては」

木戸番人に勧誘したのだ。

両国を出たものの、終《つい》の棲《す》み処《か》を持たない杢之助には、まさに渡りに船だった。門竹庵の奉公人に案内され、泉岳寺門前町の木戸番小屋に入ったのは、陽も落ちてからだった。夜具から着替えの夜着はもちろん、火灯《ひとも》しの油皿から火打石まで、日々の生活に困らないだけの品々がすでに用意されていた。

案内した奉公人は鄭重《ていちょう》なもの言いで、

「――きょうまでは門竹庵《うち》のお客さまだから、と言われておりますので」

と、外から番小屋の腰高障子《こしだかしょうじ》をそっと閉めた。

町の木戸番小屋に一人……。

久しぶりに落ち着きの場を得た思いがする。

（ありがたい）

町への感謝の念が込み上げてくる。

だが、

（なにかおかしい）

その疑念は、すぐ外に間断《かんだん》なく打ち寄せる波のように、消えることはなかった。

取り越し苦労ではない。杢之助はなにごとに対しても用心深く、勘働《かんばたら》きが鋭《するど》いのだ。時には落ちる松葉の音にも、神経を尖《とが》らせることがある。それが杢之助の習性になったのには、必然の理由《わけ》があった。

人から以前を問われれば、決まって返していた。

「――へえ、お江戸で番太郎《ばんたろう》をやっておりやして。え？　その前《めえ》ですかい。飛脚でやした。東海道をはじめ、諸国の街道《けえどう》はおおかた走ったもんでさあ」

事実である。一点の虚偽《きょぎ》もない。だが、抜けているところがある。言わないだけで、嘘《うそ》をついているわけではない。

李之助はもの心のついたころは、浮浪者仲間とともにお寺の縁の下や、お宮の軒《のき》端《ば》をねぐらにする日々を送っていた。あるとき茶店で飛脚屋のあるじが食べていた団子《だんご》を盗《ぬす》もうとして捕まり、そのとき折檻《せっかん》されるよりも素早い動作を見込まれ、飛脚屋の小僧になった。仕込んでみると、読み書きも算盤《そろばん》も覚えが速く、なによりも走らせればおとな顔負けの走りようだった。そして状箱《じょうばこ》を肩に、全国の街道を走りはじめた。その健脚ぶりは、飛脚仲間のあいだでも評判になった。

三十路《みそじ》前後と思われるころ、あの突然の雨がいけなかった。上方《かみがた》から江戸へ向かったときだった。品川の近くでどしゃ降りの雨に状箱の中まで濡らしてしまった。乾《かわ》かそうと開いた書状が、盗賊一味のものだった。そやつらに書状を読んだと疑われ、本来なら命のなかったところ、飛脚の足を見込まれ、命と引き換えに仲間に引き込まれた。

関東一円を震撼《しんかん》させていた大盗《だいとう》で、白雲一味《しらくもいちみ》といった。満月でもなく闇夜《やみよ》でもない、朧月夜《おぼろづきよ》に動いたことから、そのような名がついた。

お頭《かしら》を中心に統制の取れた一群だった。目串《めぐし》を刺した押込《おしこ》み先は、丹念に内情を探《さぐ》り、殺しはむろん犯しもせず、お宝を根こそぎ持ち去ることもなかった。押入《おしい》られた家がそれによって潰《つぶ》れたり、傾《かたむ》いたりすることはなかった。盗賊に違いないが、李之助はそこにしばしの安堵《あんど》を得ていた。身勝手な理屈だが、

（——金は天下のまわりもの。ならばある所からいただき、それを遣《つか》わせてもらうのも、天下のありように適《かな》った生き方か）

などと、おのれがこの世に存在する、せめてもの意義を見いだしていた。

そうした盗賊稼業も十年を経た。その間にお縄になる者は一人もいなかった。用心深かったからだ。そのなかに李之助は頭角をあらわし、副将格《ふくしょうかく》になっていた。だが、警戒が厳しくなったせいか、仲間に焦《あせ》りを感じる者が出はじめ、急ぎ働きに走ろうとする者が出はじめ、お頭も老いて気が短くなったせいか、一味全体の雰囲気が変わった。

いつものとおり、用意周到に日本橋《にほんばし》の呉服問屋に押入ったときだった。一味の者で店の奉公人を刺し、さらに若い女中に襲いかかろうとする者が出た。掟破《おきてやぶ》りだ。一味のタガは、そこまで緩《ゆる》んでいた。

李之助は女中を助けようとそやつを足技《あしわざ》の一撃で斃《たお》し、殺しを容認したお頭も許せず、その場でとどめを刺した。一味の者どもは驚き、李之助に襲いかかった。押入った先で、内輪の争闘となり、おなじ思いの清次《せいじ》という弟分と、凶賊《きょうぞく》に堕《お》ちた

仲間たちを、

（――すまねえ！）

念じながら足技で、また刃物で葬《ほうむ》り、争いの場は深夜の往還にまで及んだ。その最中に杢之助は清次とはぐれ、あとは闇のなかに逃げた。

この日を境に、白雲一味は消滅した。

奉行所はおさまりがつかなかった。朝になって役人が出張《でば》り、捕縛《ほばく》したのは一味の死体ばかりだったのだ。

「――生き残った仲間がいるはず」

北町も南町も一丸となり、江戸中の岡っ引を動員し、探索に奔走《ほんそう》した。だが杢之助と清次は持ちまえの用心深さから、面《めん》が割れていなかった。元飛脚という前身も知られていない。

数日後、杢之助は四ツ谷《よつや》の大ぶりな寺の長安寺《ちょうあんじ》の境内《けいだい》に倒れ込み、寺僧《じそう》の温情で墓掘り人足の寺男《てらおとこ》として、そこに住み込むことを得た。

毎日が懺悔《ざんげ》の墓掘りと墓掃除である。怯《おび》える日々に人と会うのも極力避けた。まじめな慎《つつ》ましい生き方に、檀家《だんか》の評判もよかった。

数年を経た。

四ツ谷左門町の木戸番小屋に空きができ、長安寺の口利きでそこに入ることになった。木戸の開け閉めと火の用心が主な仕事だが、その木戸は甲州街道《こうしゅうかいどう》に面し、人の出入りが多かった。

（――広い野原に落ちた、一枚の枯れ葉になろう）

生きる心構えの変化だった。

だが、一枚の枯れ葉になることは、かえって環境が許さなかった。

奉行所も町々の岡っ引も、白雲一味の残党を追っている。

（――奉行所には、どんな目利《めき》きがいるか知れたものじゃねえ）

杢之助は思い、安堵は得られなかった。

（――ならば、四ツ谷左門町を役人の入《へえ》らねえ町にすればいい）

それが杢之助の目的となった。

町内での喧嘩や盗みなど、木戸番人として積極的に係《かか》り合《あ》い、解決していった。

杢之助には、それができた。なかには夫婦喧嘩や親子喧嘩の仲裁を持ち込まれることもあった。いずれも双方の納得する解決策が得られた。

それが評判になり、土地《ところ》の岡っ引までが木戸番人の杢之助に合力《ごうりき》を依頼するようになった。裏に重大な事件が潜《ひそ》んでいる場合もあった。やむなく闇走《やみばし》りで真相を探り、岡っ引に手柄を立てさせてやったことも幾度《いくど》かあった。

そうした木戸番稼業のなかに、清次と再会したのは大きな収穫だった。清次の女房になっていたのが、日本橋の呉服問屋に押入ったとき、殺されかけたのを助けた女中の志乃《しの》だった。驚きもし、嬉しくもあった。清次と志乃は、四ツ谷左門町に一膳飯屋の暖簾《のれん》を出し、堅気《かたぎ》の生活《たつき》を送っていた。だが杢之助が町内の事件解決のため、闇に走らねばならないときには、夫婦で裏方になって支えた。

そうした左門町暮らしがおよそ十年もつづいたころ、岡っ引に合力して盗賊を追いつめたとき、つい必殺の足技を岡っ引に見られてしまった。杢之助が清次と志乃に見送られ、秘《ひそ》かに四ツ谷左門町を出たのは、その日の夜だった。

行くあてのない足は、かつて飛脚でよく走った東海道に入っていた。

小田原《おだわら》の茶店で、置き引きの悪戯《わるさ》を働いて逃げる男を、たまたま通りかかった杢之助が足をかけて転倒させ、盗《と》った品を取り戻す一幕があった。被害に遭ったのは、江戸両国米沢町《りょうごくよねざわちょう》の薬種屋中島屋《なかじまや》のあるじ徳兵衛《とくべえ》だった。手代の紀平《きへい》をともない、薬草採取の旅の途中だった。

縁があったのか。話しているうちに徳兵衛は杢之助を見込み、米沢町の木戸番人に招いたのだった。徳兵衛は杢之助に秘めた以前があり、ただの木戸番人だったわ

けではなかろうと感じ取るが、

（――現在《いま》がよければそれでよし）

とする心の広い人物だった。その度量が、李之助にはありがたかった。

両国米沢町の木戸は繁華な両国広小路《ひろこうじ》に面し、四ツ谷左門町の木戸よりさらに人の出入りが多かった。その賑《にぎ》わいに、

（――こりゃあ、ますます野原どころか、樹林に舞い落ちた枯れ葉一枚になれそうだわい）

などと思ったものである。

江戸を集約したような繁華な場所だっただけに、番小屋に入った匆々《そうそう》に、町の子の神隠《かみかく》しや、しじみ売りの少年が毒物による殺しに知らず加担させられるなどの事件が発生した。

果たして李之助は、闇走りで事件を解決していった。本来なら役人が町の自身番に詰めて探索にあたるところ、いずれも土地の岡っ引に手柄を立てさせ、与力や同心を町に入れることはなかった。

そうした秘めた能力に中島屋徳兵衛は、ますます李之助をただ者ではないと思いはじめたが、持ち前の度量の広さから、野暮《やぼ》な詮索《せんさく》をすることはなかった。

両国暮らしはわずか一年で、杢之助の以前がおもてになるかも知れない事態が発生した。新たな盗賊の足跡を求め、杢之助が左門町で昵懇《じっこん》にしていた岡っ引を、両国の岡っ引が米沢町に連れて来ることになった。ここで杢之助と再会すれば、奉行所が杢之助の以前を洗い始めることになるかも知れない。

杢之助のようすから異常を察した徳兵衛は、薬種がらみで幾日も東海道に歩を踏む仕事を依頼した。杢之助にしばし、両国を離れるよう計《はか》らったのだ。

ふたたびその日の夜、手代の紀平と一緒に、両国からというより、江戸から離れた。もう江戸には戻らないつもりだった。それは徳兵衛も感じ、だから行く末を確かめておくため、紀平を付けたのだ。

頼まれた仕事の一環として、小田原の手前の酒匂川《さかわがわ》の上流に薬草を求め、足を延ばした。そこで見知らぬ母娘が三人組の不逞《ふてい》の輩《やから》に追われ、殺されそうになっているところへ遭遇した。

助けた。

突然のことに、必死だった。

母親はお絹といって四十路《よそじ》で、娘は十二歳でお静といった。

三人組になぜ襲われたのか、聞かされた事情は衝撃的だった。

盗賊が押込み先で殺し……。

（許せぬ！）

杢之助の心ノ臓は早鐘を打った。

お絹たちの悲劇は、それだけではなかった。

その盗賊の顔を、娘のお静は見たのだった。

亭主の庄次郎《しょうじろう》を殺され、生活の立ち行かなくなったお絹は、お静の手を引き実家の高輪に戻ろうとしていたところを、三人組の盗賊に襲われたのだった。むろん盗賊どもの目的は、お静の口封じである。

（助けねばならぬ。無事に、実家まで）

それが杢之助には責務《せきむ》のように思えた。お絹の実家が高輪の泉岳寺門前町であれば、杢之助にとっては小田原の手前まで延ばした足を、また江戸近くまで引き返すことになる。

お絹にとっては、十数年ぶりの実家だった。職人修業の庄次郎と駆け落ち同然に門竹庵を出て、相州《そうしゅう》小田原に落ち着き、お静が生まれ、庄次郎の竹細工の技《わざ》で生活も安定したところだったのだ。

母娘の危難を救う〝責務〟を、杢之助はよく果たした。

その過程に盗賊二人を葬《ほうむ》ったのだが、さいわい殺しの現場をお絹とお静、それに同行した紀平にも見られることはなかった。状況が常に切迫していたから、気づいてはいよう。だが紀平もお絹もお静も、それを口にすることもなければ質《ただ》すこともなかった。紀平などは質さなくとも、これまでのつき合いから杢之助に人知れず必殺の技と度胸のあることを心得ている。あるいはお絹も短い道中のなかで、それを感じたのかも知れない。

実家の門竹庵を継いでいた兄の細兵衛は、妹のお絹が姪《めい》を連れて帰って来たことを喜ぶと同時に、事情を聞いて仰天し、道中での杢之助の采配《さいはい》も聞き、さらに驚いた。還暦《かんれき》に近い身にもかかわらず、得体の知れない力量を杢之助が発揮したことを、お絹は兄への話のあちこちににおわせた。兄の細兵衛が杢之助に町の木戸番人を要請したのは、それからなのだ。

木戸番小屋に案内され、一人になってから掻巻《かいまき》をかぶり、目を閉じた。暗くなり町が静まれば、波の音がいっそう明瞭に聞こえる。

一段落がつき、疲れているところに酒が入り、落ち着きも得られたのなら、すぐにも眠りに落ちそうなものだが、杢之助の脳裡《のうり》は回転していた。

行きずりの還暦に近い年寄りが、我が身をも顧《かえり》みず危難を救ってくれて、かつ東海道を高輪まで用心棒のようにつき添ってくれたことに、お絹は安心したことだろう。

身辺から盗賊の影が消えたのは、一行が高輪に着く前日だった。盗賊は、この世からも消えたのだ。

駆け落ちした妹を、家を継いでいた兄の細兵衛が顔を見るなり、瞬時に受け入れたのには、杢之助もホッとしたものだった。その日、杢之助は門竹庵の客人《きゃくじん》になり、それを見届けた紀平は一部始終をあるじの中島屋徳兵衛に報《しら》せるべく、泉岳寺門前町を離れ両国米沢町に向かった。

当然、門竹庵細兵衛は杢之助と一献《いっこん》酌み交わしながら、お絹から道中のようすを聞かされた。細兵衛が街道に面した木戸番小屋を話題にしたのは、杢之助がかつて飛脚で、そのあとは江戸府内で木戸番人となり、いまは新たな棲み処を求め東海道を下っていたことも、大きなきっかけの一つとなっている。

前任の木戸番人が老いて親戚の者がその身柄を引き取ってから、すでに一月《ひとつき》も番小屋は空き家になっていたという。

町々の木戸や木戸番小屋はその町が運営しており、町内で居場所を失ったり身寄りのなくなった年寄りを雇い、木戸の朝晩の開け閉めと火の用心の夜まわりをさせている。それが木戸番人である。どの町でも一人や二人、木戸番小屋に入れば雨露をしのげるといった年寄りはいるものだ。いなければ隣の町から、この爺《じつ》つぁん入れてやってくれぬかと依頼がくる。木戸番小屋が幾日も空き家になることなどない。だが泉岳寺門前町の番小屋は、一月あまりも空き家になっていた。

（いわくありげな番小屋……）

思っても不思議はない。むしろそう思うのが自然だった。

（町全体が、なにやら好ましくない気配に覆《おお》われているような……）

そのさきを推量する材料を、まだ杢之助は持ち合わせていない。

二

腰高障子が外の明るさを受けている。

朝日だ。

「おっ、いけねえ」

目を覚まし、勢いよく上体を起こした。

そこが両国米沢町の木戸番小屋でなく、昨夜入ったばかりの、泉岳寺門前町の木戸番小屋であることに気づいた。

「ん……？　あ、そうか」

木戸番小屋の出入り口になる腰高障子は、門前町の通りに面し、街道側には障子窓とそれを覆う窓板がある。そこから波の音が入り、障子窓を開ければ街道のながれと海がすぐ目の前となる。

そうした木戸番小屋の立地はきのうすでに見ているが、周囲の商家や朝の門前町のようすはまだ知らない。知っている商家は向かいの茶店の日向亭《ひゅうがてい》と、坂上の竹細工の門竹庵だけである。

腰高障子を開け、外に出た。早くもひと目で町の木戸番人と分かる、股引《ももひき》に地味な袷《あわせ》の着物を尻端折《しりはしょり》にし、木戸番人の決まりである白足袋《しろたび》に下駄《げた》を履《は》いている。それらの用意は、きのうのうちに門竹庵がそろえた。

木戸番小屋を出れば、そこが街道から泉岳寺門前町への入り口になっている。木戸番小屋のとなりが、町が設けた駕籠溜《かごだま》りで、ちょっとした広場になり、町駕籠が数挺停まっている。陽が昇ったばかりで、駕籠舁《か》きたちはまだ奥の長屋から出て来ていない。

周辺の住人が当番を決めていたのか、街道に面した両開きの木戸はすでに開けられていた。

「おっ、これはっ」

と、両国米沢町で毎日受けていた朝日よりも、ことさらにまぶしい。海から昇ったばかりの陽光を、もろに受けているのだ。

目を凝らして見まわすと、そこは門前町の通りが街道に突き当たったかたちになっており、

（おぉ、此処《ここ》だった。お絹さんが兄《あに》さんと再会し、瞬時に受け入れられたのは）

と、きのうのことが思い起こされた。

お絹はお静の手を引いて実家の門を叩き、出て来た兄の細兵衛と感動の再会を果たしたのではない。これも杢之助が関わった縁というものか、街道から門前町の土を踏むなり、兄妹が再会し、杢之助を細兵衛に引き合わせる舞台を、天が用意していたのかも知れない。

杢之助と紀平がつき添い、お絹とお静が門前町の通りに足を入れたとき、街道から町駕籠が一挺走り込んで来て、木戸番小屋の前に駕籠尻を着けた。客はこの町の住人のようだ。門前町の通りは街道から山門まで一丁半（およそ百五十米《メートル》）ほど

の急な坂道になっており、参詣人《さんけいにん》などはその坂の急なことを知らず山門前まで乗りつけるが、町の住人なら駕籠舁きをおもんぱかって街道から通りに入ったところで駕籠を捨てる。そこがまた木戸番小屋と駕籠溜りのすぐ前なのだ。

このとき杢之助は無人の木戸番小屋の前に、遊び人風の若い男が数人たむろしているのを目にした。

（――どこにもいるもんだわい、町に巣《す》くっている無頼《ぶらい》は）

と、与太どもにいい印象は持たなかった。

その印象は当たっていた。駕籠の中から出た客が地に立つなり、与太どもは奇声を発しながらその客に群がった。着ながしに羽織を着けた、商家のあるじとも職人の親方ともつかぬ人物だった。

荒稼《あらかせ》ぎである。掏《す》りでも恐喝《きょうかつ》でもない。裕福そうな人を見つけると、数名で突然群がって奇声を上げ、驚く相手のふところから財布を抜き取るなり、さっと算《さん》を乱して逃げ去る。まったく芸のない、素早さだけが取り柄の連中である。これを〝荒稼ぎ〟といった。

与太どもが奇声を上げた時点で、

（――いかん！）

李之助は気づき、若いそやつらより素早い動作を示した。

群がった与太どものなかに足からすべり込み、仰向《あおむ》けにひっくり返るかたちになるなり足技で細兵衛のふところに手を入れた男の腕を蹴り上げ、もう一人の足に蹴った足をからませ、その場に転倒させたのだ。

荒稼ぎを仕かけた若い与太は三人で、近くにもう一人差配《さはい》らしい男がいた。丸腰で屋号のない、薄い紺の縦縞《たてじま》模様の半纏《はんてん》を着け、それこそ遊び人といった三十がらみの男だった。そやつが若い与太どもに、

「——まずい、退《ひ》け！」

言うなり街道のほうへ走り、若い連中三人も、

「——くそーっ、邪魔しやがって」

「——なんなんでえ、この爺《じじ》イ」

捨て台詞《ぜりふ》とともに逃げ足は速かった。荒稼ぎは間合いを外されたら、ただの騒ぎになってしまう。それを察して引かせた、半纏の男の差配は鮮《あざ》やかだった。

（——あやつ、なかなかの奴じゃねえか）

李之助には思えた。

このときはそれだけで、すぐにまたその者と会うことになるなど、まだ思ってい

なかった。

午前《ひるまえ》で往来人は多い。目撃者も少なくない。だがそれらの目には、見知らぬ爺さんが不意に与太どものなかに飛び込み、仰向けにひっくり返ったとしか見えなかっただろう。

場所はその町の木戸番小屋の前である。すでに杢之助はそこへ入るのにふさわしい仕事をしたと言えようか。

往来の者が目を瞠《みは》ったのは、その直後の光景だった。

与太どもが逃げ去り、茫然としていた着ながしに羽織の人物が、これもまた不意に声を上げた。

「――おまえ！　お絹!?」

お絹も、お静の手を引いたまま、

「――兄《あに》さん!!」

羽織の人物は、門竹庵細兵衛だった。

往来人には古くからの町の住人もいる。

「――おおっ、お絹坊だ！」

「――確かにお絹ちゃん、お里帰り!?」

と、まだ小娘であったころのお絹をよく覚えている者もいた。

細兵衛はさらにお静を見て言った。

「――ならばその子！　ふむ、おまえよりも庄次郎によう似ておる」

細兵衛は十数年ぶりに戻って来た妹のお絹を、この瞬間に受け入れたのだ。

そのあと、お絹が杢之助に助けられたと話し、細兵衛の招きにより、杢之助はその日、門竹庵の客人となったのだった。

そして木戸番小屋に入り、最初の朝を迎えた。


（この木戸、今宵は儂《わし》が閉めなきゃなあ）

すでに開けられていた木戸に視線を投げて胸中につぶやき、袖ケ浦《そでがうら》に出た太陽に両手を広げ大きく息を吸った。

そこへ、

「やはり、おめえさん。きのうの……」

「間違《まちげ》えねえ。無鉄砲な、あの爺《じつ》つぁんだ」

背後から声がかかった。

ふり向くと、駕籠溜りの前庭から人足《にんそく》風の男が二人、往還に立っている杢之助のほうへ歩み寄って来る。

「ほっ。おまえさんがた、きのうの駕籠屋さん」

と、杢之助は覚えていた。きのう午前、細兵衛が荒稼ぎに遭いかけたときに乗っていた駕籠の駕籠舁きだった。袷の着物を着ながし、髷《まげ》は乱れたままで、濡れ手拭いを肩にひっかけているから、いま起きて裏の井戸端で面《つら》を洗ったばかりなのだろう。

あらためて二人を見るなり、杢之助は親近感を覚えた。両国米沢町のまえに十年も暮らした四ツ谷左門町の裏長屋の住人で、角顔で鋳掛屋《いかけや》の松次郎《まつじろう》に、丸顔で羅宇《らう》屋《や》の竹五郎《たけごろう》と、組み合わせが似ているのだ。二人は近辺の町々で商《あきな》い、町の平穏を願う杢之助の目となり、耳となってくれた。

両名とも三十がらみで、駕籠舁き稼業だけあって肩ががっしりしている。押し出しの利きそうな角顔が前棒《まえぼう》の権十《ごんじゅう》といい、後棒《あとぼう》で気のよさそうな丸顔が助八《すけはち》といった。

「いやあ、きのうはすまねえ。なにぶん突然だったもんで、なあんも手助けできなくってよ」

最初に言ったのはやはり押し出しの利きそうな角顔の権十だった。

丸顔の助八もつないだ。

「それにしてもおめえさん、素手で飛び込んで足をすべらせ、それでもただじゃ起きねえ。驚いたぜ、あの足さばきよ」

「そう。やつら、這《ほ》う這《ほ》うの体《てい》で逃げて行きやがったぜ」

権十がさらにつづけ、

「ところでよ、きのう暗くなってから門竹庵の番頭さんが来なすって、ようやく今宵から木戸番小屋が埋まるってよ。杢之助さんとか聞いたが、それがおめえさんかい。だといいんだがなあ」

「ああ、そうだ。よろしゅう頼むぜ」

杢之助が返したのへ丸顔の助八が、

「そりゃあ頼もしいが、苦労もありやすぜ」

と、わけありげなことを言う。

(やはり)

杢之助は感じ取り、

「この番小屋や町に、なにか……」

訊《き》こうとしたところへ、

「おうおう、これはこれは。さっそく入りなさったか。よかった、よかった」

横合いから声がかかり、杢之助が顔を向けるよりも早く、

「あ、これはお向かいの旦那。お早うごぜえやす」

「いい人を入れてくださいやした。間違《まちげ》えなくきのうのお人だ」

権十と助八が腰を折り、揉《も》み手《て》までして迎えた。

見ると、権十と助八が〝旦那〟と称《よ》ぶにふさわしい、柔和《にゆうわ》な顔つきに恰幅《かつぷく》のいい五十がらみの人物だった。雨戸を開けたばかりの、向かいの茶店から出て来た。

権十が杢之助に、

「知っていなさるか。お向かいの翔《しよう》右衛門《えもん》旦那だ」

と、引き合わせるように言い、翔右衛門も、

「はい、日向亭でございますじゃ」

両国米沢町の中島屋徳兵衛を思わせるような、鄭重な口調で言う。

「これは、これは」

と、杢之助は恐縮の態《てい》になった。

木戸番小屋と通りを挟んだ向かい側の、街道にも門前町の通りにも面した造作《ぞうさく》の茶店で、酒も出せばそばなどの軽い食事も用意する、いわば東海道から泉岳寺の参

詣道への目印になっている店である。

その日向亭翔右衛門の名は、昨夜門竹庵の座敷で細兵衛から聞かされている。細兵衛は泉岳寺門前町の町役《ちょうやく》総代であり、日向亭翔右衛門はその町役の一人である。木戸番小屋が町の運営であれば、その町の町役は木戸番人にとっては、雇用主となる。

泉岳寺門前町とは、泉岳寺の山門前から延びている参詣道一帯の町名だが、街道に突き当たった箇所は、江戸方面へ向かう北側は車町《くるまちょう》であり、品川方面へ向かう南側は高輪北町《たかなわきたまち》となっている。

だが人のながれも住人の意識も参詣道と一体であり、木戸番小屋の運営も駕籠溜りの管理も門前町が担《にな》っている。

向かいの日向亭は車町に軸足《じくあし》をおいているが、その位置で町役となれば、門前町と車町の両方の町役を兼ねている。となり合った二つの町を結ぶ役も果たし、その立場は曖昧《あいまい》とは逆に貴重なものとなっている。

杢之助が細兵衛から日向亭の名を聞いたとき、

（――なるほど、朝日も夕陽も浴びているからか。ピッタリの屋号だ）

と、その立地の特質を解したものだった。

李之助をこの町の木戸番人にと細兵衛へ要請したのは、この日向亭翔右衛門だった。

きのう駕籠溜りの前で、与太どもが細兵衛に荒稼ぎを仕掛けようとしたのをいち早く見抜き、飛び込んで仰向けにひっくり返ったふりをし、そやつらの出鼻を挫《くじ》いたとき、細兵衛はただ吃驚《きっきょう》して気づかなかったが、

（——なんという技だ、あれは！）

と、翔右衛門は暖簾の陰から一部始終を見ていて、それこそ先手を打たれた思いになった。自分も飛び出そうとした矢先だったのだ。

翔右衛門は日向亭の暖簾の中から、李之助に声をかけて店にいざない、すでに顔見知りになっている。その李之助が門竹庵の番頭に坂上へいざなわれたあと、しばらく間を置いてから門竹庵に訪《おとな》いを入れ、座敷の細兵衛を店場に呼んだ。

やはり細兵衛は、目の前で展開された李之助の足技に気づいていなかった。単に年老いた男が飛び出し、自分で足をすべらせたと思っていた。翔右衛門からさきほどの李之助の動きが、なにやら故意の足さばきだったらしいことを聞き、驚くと同時に、

「——ふむ。そう言われれば」

と、得心もした。

あとは店場で町役同士の話となった。その人物の事情さえ許せば、

「——門前町の木戸番人に……」

というのだ。

すでに細兵衛はお絹から杢之助が命の恩人であることを聞いており、当人からは行くあての漠然とした道中だったことなども聞いている。細兵衛はうなずいた。これほどの適任はない。

奥の座敷に戻った細兵衛が杢之助に、

「——どうだろう」

と、泉岳寺門前町の木戸番人になることを打診したのは、そのときのことだった。渡りに船と承諾した杢之助は、それが日向亭のあるじの声掛かりでもあったことを聞かされている。

昇ったばかりの朝日を満身に受けながら、

「これは日向亭の旦那さま、きょうはまっさきに儂のほうから挨拶《あいさつ》に伺《うかが》わねばならねえところを」

と、腰を折って言う杢之助に翔右衛門は、

「なんのなんの。門竹庵のお絹坊、いや、お絹さんにつき添ってこの町へおいでになったのもなにかの縁じゃ」

鄭重に言い、

「門前町《うち》の木戸番小屋に入ってその役務をまっとうしてもらうためには、話しておかねばならんことがありましてな」

その言葉に杢之助よりも権十と助八のほうが、得心のうなずきを見せていた。

翔右衛門はつづけた。

「ちょうどよい。おまえたちもどうですかな。寄っていきなされ」

杢之助ともども権十と助八も、開けられたばかりの日向亭にいざなった。

「きょうは特別で、話しながら朝餉《あさげ》も日向亭《うち》で」

と、翔右衛門が言ったのへ、権十と助八は大喜びだった。それに日向亭がすでに杢之助を知っていたことには面喰らったが、駕籠舁き仲間では自分たちが一番早く懇意になったことを誇《ほこ》らしく思えてきた。

駕籠溜りには常に幾組《いくくみ》かの駕籠舁きが寝泊まりしており、台所も井戸もあってそこで自炊《じすい》しているのだが、木戸番人もそこを使うことになっている。その点が、左門町や米沢町の木戸番小屋よりも、暮らし向きは便利なようだった。

三

開けたばかりだから客はまだいない。幾人かの女中が掃除《そうじ》をしたり縁台を外に出したりで落ち着かない。

「奥の部屋を使いますからね。あとでお茶を四人分お願いしますよ。それから朝餉の用意も」

翔右衛門が言ったのへ、壁側の入込《いれこ》みの板敷を拭いていた女中が手を止め、

「えっ、奥の部屋？　権十さんも助八さんも。それにそちらのお人も？」

不思議そうに問い返す。向かいの駕籠舁き人足たちが、外に出した縁台はともかく、奥の部屋に通されるなど、普段はあり得ない。他の女中たちも手を止め、旦那と杢之助、それに権十と助八を見つめた。

「きょうは特別です」

「へへん、そういうことでえ」

濡れ手拭いを肩にかけたまま、権十が胸を張った。

女中は三人でいずれも若く、あと年増の女中が二人ほど通いで来ている。板前も

三人ほどいるが、奥できょうの仕込みをしているようだ。

店場にいた三人の若い女中に、

「ちょうどよい、引き合わせておこう。このお人はなあ、きょうから……」

翔右衛門が杢之助を引き合わせると、女中の一人が、

「あっ、きのうの騒ぎのとき、ひっくり返ったあの爺さん」

と、たまたま往還に出した縁台の客に対応していたときで、騒ぎを見ていた。だが〝ひっくり返った〟などと言ったところから、それが杢之助の技《わざ》であることに気づいていないようだ。無理もあるまい。細兵衛も気づかず、衆目《しゅうもく》のなかで気づいたのは翔右衛門だけだったのだ。

「これはお恥ずかしいところを見られてしまいましたじゃ。なあに、年寄りの冷や水じゃで」

「話に聞いたけど、ほんとうに気をつけてくださいよ。ここで木戸番人をなさるんだったら、似たようなこと、よく起こるんですからね。最近はとくに」

もう一人の女中がいたわるように言う。女中たちはいずれも十代後半か、杢之助の秘めた技に気づいていない。見た目のとおりの爺さんのように受けとめている。

白髪交じりで小さくなった髷に、いくらか前かがみになっている。

新たな町で周囲がそのように見てくれるのは、杢之助にとってはまさにありがたいことであり、捨て身のひっくり返り戦法を取った効果は、こういうところにもあったようだ。

奥には縁台をならべた土間から直接通路が延びており、客は各部屋の前で履物《はきもの》を脱ぐようになっている。両脇に三部屋ずつならび、座敷というにはほど遠く、戸は板戸で中も四畳半で入込みのような板敷で、座布団用に藺《い》で編んだ薄《うす》べりが数枚すみに重ねられている。料亭ではなく休《やす》み処《どころ》の茶店だから、これでじゅうぶんだ。奥に部屋のある茶店は、門前町の通りや近辺の街道筋ではここだけで、泉岳寺への参詣客などが、ちょいとひと休みにと利用し、けっこう繁盛している。

「さあ、遠慮のう」

翔右衛門にうながされ、杢之助と権十と助八はそれぞれに薄べりを取って座布団にし、四人対座のかたちにあぐらを組んだ。

すぐにさきほどの女中が四人分の湯呑みを盆に載せて来て、

「朝餉はちょっと時間がかかりますが」

と、愛想よく言って退散した。まだ掃除の途中だったから、朝めしの用意は自分たちの分も含め、すぐにはできないようだ。

(ほう)

と、杢之助は内心うなずいた。これら奉公人たちの明るさから、あるじ翔右衛門の人柄が看《み》て取《と》れる。

「木戸番さんにわざわざ部屋に上がってもらって、権十さんと助八さんにも相伴《しょうばん》を願ったのはほかでもありません。この町の昨今の事情を説明しておかねばならぬと思いましてな」

丁寧な口調で言う翔右衛門に、

「へへん、分かってまさあ。きのうみてえに無鉄砲に飛び出してたんじゃ、身がいくらあっても足りねえとおっしゃりたいんでやしょう」

「最近はねえ」

すかさず権十が応じ、助八がさらりとつないだ。さきほどの女中の言葉といい、

(不穏が日常になっている……)

杢之助は翔右衛門に視線を据えた。

翔右衛門も杢之助を見つめて言った。

「きのうのような騒ぎ、初めてではありませんのじゃ」

権十と助八が無言でうなずいている。

「路上でいきなりあのような狼藉《ろうぜき》は初めてじゃが……」

翔右衛門はつづける。

杢之助は、お絹とお静を門竹庵に送り届けた自分が、この町の木戸番人に請《こ》われた理由《わけ》を解した。

半年ほどまえのことらしい。

おとなりの車町に、常設の賭場《とば》が立った。

そのこと自体が、

「どうも解《げ》せないのですが」

と、翔右衛門は首をかしげながら言う。

車町や泉岳寺門前町のある高輪一帯は、東海道での江戸府内への出入り口であるとともに、海からの物資の集散地でもあった。品川宿の手前に海に突き出た御用地があり、そこはおもに幕府と大名家の荷揚げ場になっており、民間の廻船《かいせん》はその周辺の海岸を荷揚げ場にしていた。

そこに揚げられた物資は、荷車に積まれ高輪大木戸を経て江戸府内の各地に運ばれていた。荷車の多くは牛車《ぎっしゃ》で、その荷運び業者や人足たちが住んでいるのが車町である。それぞれが牛を飼っていたから、別名を牛町《うしまち》ともいった。

その街道筋はむろん、どの角を曲がっても枝道に入っても、人よりもまず牛に出会う町であれば、人の息吹があり活気があっても、およそ常設の賭場が立つ雰囲気ではない。一帯で華《はな》やかさのある町場といえば、日向亭を目印に坂道に入った泉岳寺門前の通りしかない。だが泉岳寺門前町の町場は範囲がそう広くはなく、住人たちの結束も強く、四十七士に敬意を表してか、賭場が立ったり色街《いろまち》ができたりするのを許していない。

だからか、おとなりの車町にそれが立った。貸元《かしもと》は二本松《にほんまつ》一家の丑蔵《うしぞう》といった。

「ほう、牛町の丑蔵さんですかい」

と、その語呂のよさに杢之助は口元をゆるめた。

だが翔右衛門の表情には、明らかに不快感が刷《は》かれていた。

賭場に住みついたと思われる若い与太どもが数人つるんでは門前町にくり出し、なれ合いの喧嘩を始めては参詣人の眉《まゆ》をひそめさせ、商舗に入っては些細《ささい》なことに因縁《いんねん》をつけ商いの邪魔をする。山門の手前に暖簾を張る門竹庵も、街道からの入り口になる日向亭も、その被害に遭っている。泉岳寺門前町にあっては、これまでなかった不埒《ふらち》で迷惑な行為が日常化していることになる。

加えて奇妙な現象が、そこに発生していた。数人の与太どもが町で騒ぎを起こせば、かならず浪打《なみうち》の仙左《せんざ》という、三十がらみの日焼けした面《つら》に体格のいい男が出て来るのだ。若い与太どものなかに入れば、それだけで睨《にら》みの利きそうな風貌《ふうぼう》と面構《つらがま》えである。

「――これはこれは、門前町のかたがたへ、また一家《うち》の若い者が迷惑をおかけいたしやして申しわけありやせん。なにぶんまだ物事の分別もつかねえ奴らでやして」

と、店先や往来で鄭重に腰を折り、

「――こら、おまえらも謝《あやま》らんかい」

と、若い与太どもの頭を小突《こづ》いて謝らせ、連れ帰るのである。

これが日常のように幾度もつづいたらどうなる。

町で腕っ節の強い若い者が幾人かそろっているところといえば、

「へえ、面目もねえしだいで」

権十があぐら居のまま、申しわけなさそうに頭をかけば、

「仕方がねえんで」

と、助八もぴょこりと頭を下げる。

つまり、人足たちの駕籠溜りだ。だが与太どもが来て騒ぎを起こす昼間、駕籠舁きたちはおよそ出払っている。近くをながしている者はいないかとお店《たな》の小僧か手

代が街道に走っても、まるで申し合わせたように、誰よりも早く駈けつけるのが浪打の仙左なのだ。

それが日常となれば、町の衆は騒ぎのあるたびに、

「――浪打だか波寄せだか知りませんが、あの仙左さんとやら、早《はよ》う来てくださらんか」

すでにそうした声が出ている。

そこまで聞けば、杢之助にも察しがついた。どこにでもいる小悪党の賢《さか》しらな細工なのだ。

翔右衛門は嘆息《ためいき》まじりに言う。

「そうなんですよ。浪打の仙左め、町の揉め事をさばく顔役になり、常設の賭場をこの門前町に開こうとしているのですよ。此処《ここ》ならご府内のお奉行所の手が及ばぬことを熟知しているようで……」

府内から品川宿へ、女郎買いに行く嫖客《ひょうかく》も少なくない。泉岳寺門前町はその途中に位置する。そこで常設の賭場となれば、口伝えに一定の客は見込まれるだろう。現に車町で仙左が代貸《だいがし》になっている二本松一家の賭場は、客の入りはけっこういいのだ。だが客の多くは町の性質から、荷運び人足の小博奕《こばくち》の客である。泉岳寺門前

町となれば、荷運び人足たちの町など及びもつかない格式があり、それ相応の客層が得られることだろう。

「そりゃあ、あっしらにすりゃあ、夜更《ふ》けてから大木戸向こうの大店《おおだな》の上客さんに送り迎えさせてもらえりゃあ、酒手《さかて》もたんまり入《へえ》りまさあ」

「それじゃ町の旦那衆に申しわけねえ。やっぱりいままでどおり細兵衛旦那や翔右衛門旦那のような、地元の旦那衆にごひいき願っているほうが、よほど毎日に張り合いが出まさあ。そのようにいつも溜りの仲間とも話してんでさあ」

権十が言ったのへ、助八がすかさずつないだ。この感触をつかむため、翔右衛門は二人にも声をかけたのだろう。二人がそこまで言うのは、門前町での賭場開帳の話がかなり進んでいる証《あかし》とも受け取れる。

翔右衛門たち門前町の町役たちにとって、町の風紀を護るため、駕籠溜りの人足たちの存在はありがたい。だが昼間は出払っている。騒ぎを起こす若い与太どもを、腕ずくで追い返すことはできない。

「それでしばらく木戸番小屋に、新たな入り手がなかったのでやすね」

杢之助は得心したように言った。泉岳寺門前町の木戸番人の仕事は、木戸の開け閉めと火の用心の夜まわりだけではなかった。昼間、見るからに不逞《ふてい》な者が町の通りに入るのを防ぐこともあったのだ。

部屋に女中が二人がかりで、四人分の朝餉の膳を運んで来た。膳といっても朝めしだから、味噌汁に香の物に惣菜《そうざい》が一品ついているだけの簡素なものだった。それでも権十と助八は、

「ふーっ、たまんねえぜ。この汁の香りとあったけえめしよ」

「こりゃあ箸が進まあ」

と、大喜びだった。味噌汁には具も多かった。

箸を動かしながら、杢之助は問いを入れた。

「半年ほどめえからって申されやしたが、浪打の仙左ってのは、どんな素性の人なんですかい」

「そこですよ。その仙左のことがよく分かりませんのじゃ。木戸番さんに処置をお願いするにしても、相手のことが分からぬではやりにくうございましょう。私らも実はよく分からんのですよ。そこで権十さんと助八さん、溜りのお仲間にも話して、車町で聞き込んでもらいたいのじゃ」

「ようがす」

「がってんでさあ」

と、二人は応じた。

翔右衛門がしきりと口にする〝浪打の〟という奇妙な二つ名を持つ男が、杢之助にも気になってきた。きのうの騒ぎでは三人の若い与太どもに、見事な采配を見せたのが、その男だろうか。

翔右衛門は言う。

「木戸番さんにもな、その日耳にしたことは、その日のうちに洩らさず知らせておいてくだされ」

権十と助八の明瞭な返答は、それに対するものでもあった。

朝餉の膳もそろそろ空《から》になり、翔右衛門も用件を伝え終えると、

「二本松の丑蔵さんだがなあ、以前は決して賭場などに手を伸ばすような人じゃなかったのじゃが……」

と、嘆息まじりに言うと、二本松の丑蔵について語りはじめた。丑蔵のことについては、翔右衛門は車町の町役も兼ねているだけあって、権十や助八よりも詳しかった。

十年ほどまえ、丑蔵は無宿人だったようだ。

品川宿のほうから、着物はボロでからだも垢《あか》にまみれ、髷《まげ》も元結《もとゆい》は残っているもの の形を成さないほどに崩れた男が、ふらふらと泉岳寺門前町の前を過ぎ車町に入り、そこで力尽きたか足をもつらせ路傍《ろぼう》にうずくまった。

珍しいことではない。街道には江戸に出ればなんとかなるだろうと、ふらふらと高輪大木戸のほうへ歩を進める者がけっこういる。いずれも飢饉《ききん》や災害によって在所で喰いつめた溢《あぶ》れ者《もの》たちである。江戸に入れば無宿者となる。

どの町でも行き倒れがあれば、緊急に救いの手を差し伸べるのが決まりになっている。車町でも荷運び屋の親方など町役が鳩首《きゅうしゅ》し、そこに日向亭も列座していた。まわりに荷運び屋は多く、しばらく木賃宿を世話し、体力が回復すれば日決《ひぎ》めの仕事でもさせ、ようすを見ようということになった。

倒れた原因は空腹で、ほんの二、三日で元気になった。さっぱりした身なりをさせれば、三十がらみで柔和な顔つきの男だった。名は丑蔵といい、駿河《するが》の山村の出で飢饉と災害によって一家は離散し、帰る場所はないという。いかに体力があって柔和な顔つきであっても、荷運びは他人《ひと》さまの荷を扱う商《あきな》いであり、請人《うけにん》のない者は日決めの仕事はさせても、正規に雇い入れたりはしない。

数軒の荷運び屋で日決めの仕事をしているうちに、

「町の裏手に立っている二本松を柱に、莚《むしろ》掛《が》けの小屋を張って住みつき、みょうな仕事をはじめましたのじゃ」

「みょうな仕事？」

その丑蔵という男、悪戯《わるさ》をするようには思えない。杢之助は翔右衛門の話に、あぐら居のまま上体を前にかたむけた。

聞けばなるほどみょうで、かつ町のためにも人のためにもなる仕事で、杢之助は思わず膝を打った。

車町は別名を牛町というように、牛が多く馬も多い。当然街道も枝道も、他所より断然落ちる糞《ふん》は多い。丑蔵は落ちてから二、三日たってあるていど乾いたそれらを、竹籠《たけかご》を背に挟み棒を手に集めてまわったのだ。それを天日でさらに乾燥させ、かまどや七厘《しちりん》の燃料として売り歩いたのだ。

ともかく原価がタダだから安い。元手は手間賃だけである。住人は喜んで買った。しかも町がきれいになる。品川宿の嫖客など、泊まりなら薄暗くなってから出かけるし、日帰りならばすっかり夜が更けてから車町を通る。提灯の灯りだけでは足元がよく見えない。つい踏んづけてしまうことがある。色遊びの行き帰りに足を糞まみれにしたのでは絵にならない。それがなくなったのだ。

権十と助八も、

「俺たちもよお、走りやすうなったぜ」

「街道筋でも牛町が一番きれいでよ」

自慢げに言う。

翔右衛門は茶店の前をきれいにしてくれる丑蔵に、お礼《れい》の声をかけ、ちょいとおひねりを包むこともあった。

丑蔵は返した。

「——あっしの在所じゃ、牛や馬の糞は大事な燃料で、礼を言いたいのはあっしのほうで」

人数が増え、範囲も広げた。かつての自分とおなじように、在所で溢《あぶ》れて車町の路傍に倒れた者を引き取って竹籠を背負わせたのだ。それが五人、六人となり、町内の荷運び屋で人手が足りないときなど、日決めの人足をまわすようにもなった。町の住人は喜び、荷運び屋は大助かりだった。

いつしか住まいも、松の木を柱にした莚掛けから、土壁に板葺《いたぶ》き屋根の家屋を構え、ときには喰いつめ者の避難所で人足寄せ場のようにもなった。そこから日傭取《ひようとり》の仕事に出させるのだ。もちろん牛糞馬糞拾いはつづけている。

そのようにして江戸に入り無宿人になるしかなかった者を、幾人救ったことであろうか。裏手の二本の松がその家屋の目印になっていることから、町の者は二本松一家と呼んだ。丑蔵も〝二本松の丑蔵〟と二つ名で呼ばれるようになった。沖合《おきあい》の廻船の沖仲《おきなか》仕事にも人を出すようになっていたから、〝二本松一家〟もふさわしい呼び名かも知れない。だが決して悪い意味ではなく、親しみと丑蔵の貫禄を言い表した呼び名だった。

しかし、

「二本松の丑蔵さん、変わりなさった」

翔右衛門はまた嘆息まじりに言った。

その二本松一家が、常設の賭場を開帳した。半年まえに浪打の仙左が一家にもぐり込んでからのことだ。仙左は街道をふらついて来た流れ者ではない。どのようなかたちで一家に入り込んだのか、その経緯《いきさつ》は伝わって来ていない。それの洗い出しを翔右衛門は権十と助八に頼んだのだ。駕籠溜りの人足たちがその気になり、合力《ごうりき》して車町に聞き込みを入れれば、日を経ずして分かろうか。

杢之助も翔右衛門の話から、仙左の出現になんらかの意義があり、そこに二本松

一家を変えた原因がありそうだと確信し、

(いかような男？)

関心を強めた。

四

向かいの日向亭から戻り、木戸番小屋のすり切れ畳に腰を据えた。四ツ谷や両国と違い、明かり取りの障子窓の向こうから海の波音が聞こえてくる。それが六畳ひと間にすり切れ畳はおなじ造作《ぞうさく》でも、

(所は変わった)

ことが実感される。

それにしても、

(みょうな見込まれ方をしたもんだ)

思われてくる。

なにしろ泉岳寺門前町の木戸番人にと請《こ》われたのは、お絹とお静の親子を刺客から護りとおして門竹庵に送り届けたことと、門前町の地を踏むなり発生した荒稼ぎ

を防いだことが発端《ほったん》となっているのだ。

だが、早々の活劇に注意はしたものの、尋常ではない足技を持っていることを翔右衛門に見抜かれてしまったのは、李之助にしては失態だった。

「気をつけにゃ」

つい口に出し、自分に言い聞かせた。

まだ午前《ひるまえ》で陽光をまともに受けている腰高障子に人影が立った。女だ。しかも大と小の二人。……ということは、

「モクのお爺《じい》ちゃん、おいでですかあ。伯父《おじ》さんから聞きました。あたし、もう嬉しくって」

幼《おさな》さを帯《お》びた声は、十二歳のお静だ。

「こうなりましたこと、ほんとう心強いです」

腰高障子が開くなり入って来た声は、むろんお絹である。

二人はそろって木戸番小屋の小さな三和土《たたき》に立ち、

「ほんとうに、ほんとうにありがとうございました。これからもまた……」

「そう、あたし、毎日ここへ遊びに来たい」

道中、土色になっていたお絹の顔は、ひと晩ゆっくり休んだだけで、これが本来

のものであろう、艶《つや》を取り戻し、髪も町場のおかみさんらしく、きちりと丸髷《まるまげ》に結《ゆ》っていた。お静もときには恐怖に引きつらせていた顔が、ひと晩で可愛らしい商家の娘に戻っている。

杢之助が町の木戸番小屋に入ったことは、昨夜のうちに聞いていよう。けさは自分たちの目でそれを確かめに来たのだ。お絹は十数年ぶりに帰った実家であり、お静は初めての細兵衛の家族との目見得《めみえ》である。きょうはまだ親戚への挨拶まわりなどがあり、忙しいことだろう。木戸番小屋には確認だけで、

「それでは、またのちほどに」

と、すぐに帰った。

杢之助もお絹とお静の安堵と平穏を取り戻した表情を見て、あらためて達成感と安堵を覚えた。

二人が帰ったすぐあとだった。

腰高障子が勢いよく音を立て、

「おう、木戸番さん。さっき来てたの、十数年ぶりに出戻《でもど》った門竹庵の娘とその子供じゃねえのかい」

「きのう細兵衛旦那が荒稼ぎに遭いなすったとき、旅装束でそばにいたからよう」

き込んでいる。

権十が言ったのへ助八がつないだ。

二人の背後に、似たような人足が五、六人も突っ立って、木戸番小屋の中をのぞ

権十と助八が駕籠溜りの仲間たちを杢之助に引き合わせようと、番小屋に声をかけたのだ。目的はそれだけでなく、権十は言った。

「さっきの二本松と仙左の話よ、兄弟《きょうでえ》たちに話すと、みんなこころよく引き受けてくれたぜ」

浪打の仙左について、二本松一家の近辺に聞き込みを入れることである。

杢之助は困ったような表情をつくり、

「おうおう、あれは儂からの頼みじゃねえぜ。お向かいの翔右衛門旦那が、おめえさんらに言いなすったことで、儂はたまたまそこに居合わせただけだ。まあ、よろしく頼まあ」

困惑したように言った。自分が話の中心になってはならない。あくまで影の存在でなければならないのだ。

「ま、そうだったが、ともかく木戸番さんを兄弟《きょうでえ》たちに引き合わせておこうと思ってよ」

助八がうまく応《こた》えてくれた。

木戸番小屋は井戸も台所も厠《かわや》も駕籠溜りと共有しており、いわばおなじ屋根の下の住人のようなものなのだ。

駕籠舁きたちは愛想よくうなずき、この場はほんの顔合わせだけとなった。これから駕籠舁きたちがうまく聞き込みを入れ、それをさらりと杢之助にも話してくれるだろう。これからどの駕籠も門竹庵の前や、あるいは高輪大木戸まで出て客待ちに入る。

ふたたび杢之助は木戸番小屋のすり切れ畳の上に一人となり、海浜の波の音を聞きながら、

（ま、これでいいだろう。あれだけの頭数がそろっているなら、なにがしかの成果を上げてくれそうだ。浪打の仙左も、てめえの身辺が嗅《か》ぎまわられていることにすぐ気づくだろう。そのときどう動くかを見るのも、また一興《いっきょう》というものよ）

思いをめぐらせた。きょうが泉岳寺門前町での木戸番人一日目というのに、気分はすでにずっと以前から住みついている町に、忍び寄る悪徳の影を防ごうとする意欲に塗りこめられている。

仙左は聞き込みとは関係なく、その日のうちに動きを見せた。

陽が中天を過ぎるころだった。腰高障子に男の影が立った。

杢之助があぐら居のまま注視するなかに、

「新しい木戸番さんてのは、いなさるかい」

声とともに腰高障子が外から開けられ、そこに脇差こそ帯びていないが、見るからに遊び人風の男が立っていた。三十がらみで面構《つらがま》えはやや色黒で引き締まり、体格もよく、すばしこそうな印象を人に与えている。浪打の仙左だ。

仙左は木戸番小屋のすり切れ畳に、それらしい爺さんがあぐらを組んでいるのを確認すると、

「やはり」

つぶやき、

「じゃまさせてもらうぜ」

勝手に敷居をまたぎ、すり切れ畳に腰を据え上体を杢之助のほうへねじり、

「やっぱり、あんただったかい」

「なにが」

杢之助は警戒心を胸に問い返した。

浪打の仙左は言う。

「いや、けさがた、この木戸番小屋にようやく人が入ったって聞いたもんだから、まさかと思って来てみたら、悪い予感が当たっていたって寸法よ。おめえさんとはこれで二度目だが、覚えているかい」

言うとあらためて杢之助の顔をのぞきこんだ。

木戸番小屋が埋まったことは聞いたが、それがきのうの歳経《としふ》った爺さんだとまでは知らず、気になって確かめに来たようだ。いまは杢之助の値踏《ねぶ》みにかかっているようだ。

(ならば儂も、おめえの値踏み、させてもらおうかい)

そう胸に置き、仙左の顔を見据えて言った。

「なにを藪《やぶ》から棒《ぼう》に言ってやがる。儂が此処《ここ》に入《へえ》ったのを〝悪い予感〟たあどういう意味でえ。ごらんのとおり、きょうから顔見世だが、おめえさんとはきのうのうちに一度会ったようだなあ」

「ほう、やっぱり気づいていたかい。あの騒ぎのなかによう」

仙左は〝騒ぎのなかで〟ではなく、〝なかに〟と言った。あの騒ぎを差配していたのは、

(……俺)

白状している。

すでに肚《はら》の探り合いは始まっている。聞こえてくる波の音が、この会話の借景《しゃっけい》になっていようか。

ひときわ大きな波音のなかに、杢之助は言った。

「あのひよっこどもの引き揚げは見事だったぜ。よほどうまく飼いならしているんだろうなあ」

「あははは、そこまで気づいていなすったかい。まあ、お見立てのとおり、やつらはまだひよっこだ。だがよ、その歯止めの利かねえやつらのなかに飛び込んでよ、仰向けにひっくり返《けえ》ってやつらの動きを瞬時に封じなすった」

言葉遣いから、仙左がすでに杢之助に畏敬の念を抱《いだ》いていることが感じられる。

仙左はつづけた。

「ありゃあ石につまずいたんじゃねえ。さっき向かいの茶店の女から、名は杢之助さんと聞きやしたが、以前はどんな稼業をしておいでやしたかい」

杢之助は内心ハッとした。きのうとっさに杢之助が足技をくり出したと見抜いたのは、翔右衛門だけではなかった。

（仙左め、油断ならねえ）

思ったのは、誰にも気づかれないと思っていた所作を、なにがしかの技《わざ》と気づかれていただけではない。それによって日向亭翔右衛門は杢之助を木戸番人にと持ち込んだが、浪打の仙左は〝以前はどんな稼業を〟と訊いてきた。俗にいう〝蛇《じゃ》の道は蛇《へび》〟の思いに通じている。それこそこやつからは蛇《じゃ》が出るか鬼《おに》が出るか、杢之助はますます浪打の仙左に興味を持った。

応えた。

「ほう。儂の名を聞いてくれたかい。もの心ついたころからその名だ。怪しげな二つ名など持ったこたねえぜ、浪打の仙左さんよう」

「ホッ。もうあっしの名をご存じでしたかい。それで、いかようにお聞きで？　別に怪しげな名じゃございませんが」

「ふふふ、聞きてえかい」

杢之助は焦《じ》らすように言った。

仙左は応えた。

「そりゃあまあ、こんな稼業をしていても、他人《ひと》さまの目は気になりまさあ」

「おめえ、三十がらみに見えるが、歳は還暦に近い儂の半分だ。修行が足りねえのか、脇が甘《あめ》えぜ」

「おめえ、さっき〝こんな稼業をしていても〟と言ったなあ」

「へえ、言いやしたが、それがなにか……」

「気がつかねえかい。てめえで〝こんな稼業〟などと言うなんざ、世間さまに顔向けできねえ稼業だって言ってることになるぜ」

「そ、そりゃあ……、まあ、そんな稼業で……」

　口ごもった。

(こいつぁ正面から当たりゃあ、多少は効くかも知れねえ)

　杢之助は判断し、

「おめえさん、分かっているようだなあ。きょう、おめえさんのほうから来てくれたのは、手間がはぶけて好都合ってもんだぜ」

「どういうことでえ」

「おめえさん、もう察しがついてんじゃねえのかい。それで儂を確かめに来たんだろうが」

　仙左は図星を突かれ、

「そりゃあ、まあ……」

「どういうことで？」

返答に窮したのへ、杢之助は追い打ちをかけた。

「見たんじゃねえのかい。きのう、儂が荒稼ぎどもの間合いを外させたのをよお。だからおめえ、奴らを差配しさっさと引き揚げた。それこそその間合い、見事だったぜ」

「だとしたら、どうだってんでえ」

「つまりよ、ひよっこの与太どもを門前町に遣《や》って悪戯《わるさ》をさせ、おめえが収めていい顔をしようなんて小賢《こざか》しい芝居は、もう通用しねえってことよ。もちろんおめえがやりたがっている、本格的な賭場のご開帳よ。してもらっちゃ困るってことさ。儂が此処に陣取らせてもらっているのは、そのためだと思いねえ」

「そうかい。やはり、そういうことだったのかい。つまり杢之助さんは、この町の町役さんたちに頼まれて、木戸番小屋に……と。ならば、ますます訊きたくなりやしたぜ。とっさに、しかもまわりに気づかれねえように、あれほどの技をくり出しなさるたあ。きのうは門竹庵に所縁《ゆかり》あるお人と旅から帰《けえ》って来なすったようだが、以前どこでなにを……？」

「またそれを訊くかい。以前もなにもあるかい。見てのとおり、お江戸のあちこちの木戸で番太郎《ばんたろう》をさせてもらってただけの、身寄りのねえ浮き草者さ」

杢之助はあぐら居のまま、両手を広げてみせた。

府外の高輪も含め、江戸の町々では木戸番人の年寄りを〝番太郎〟とか〝番太〟などと呼び、町の小間使いくらいにしか見なしていない。

仙左はこの返答のどこに興味を持ったか、

「お江戸のあちこち？　大木戸の向こうかい」

と、上体をねじったまま杢之助のほうへ乗り出してきた。

杢之助はいくらか身を退《ひ》き、

「お江戸といやあ、大木戸の向こうって決まってるだろ」

仙左は追うように問いを入れる。

「高輪大木戸の内側にゃ田町《たまち》の町並みがつづき、その端《はし》に島津《しまづ》さまの薩州蔵屋敷《さつしゆうくらやしき》があらあ。そのあたりの町場の木戸番小屋に入《へえ》りなすったことはありやすかい」

「薩州さまかい。みょうに場所を狭《せば》めてくるじゃねえか。あのあたりにおめえさん、寄《よ》る辺《べ》でもあるのかい」

「いえ、そんなんじゃござんせんが……」

仙左はまたいくらか口ごもり、杢之助はさらにそこへ追い打ちをかけた。

「儂がどこで番太をやってたか、いちいちおめえに言う気はねえぜ。それよりもおめえ、さっきからおかしいぜ。問いをあちこちに飛ばしやがってよ。儂の以前まで訊いていやがったが、訊くならおめえのほうからさきに言ったらどうだい。おめえさん、聞くところによりゃあ、二本松一家で賭場なんざ開いて代貸などと呼ばれているそうだが、渡《わた》りの壺《つぼ》振《ふ》りかい」

仙左は〝渡りの壺振り〟には反応を示さず、

「へへ、定まった宿無《やどな》しにゃ違《ちげ》えありやせんが、ご存じのとおり、いまは二本松一家にわらじを脱がさしてもらってまさあ。したが、行く先定《さだ》めねえ博奕打ちじゃござんせんぜ」

余裕をもって応えた。やくざ渡世の者ではないようだ。

杢之助は問いをつづけた。

「ほう、なにか地に足が着いた、やりてえことでもあるようだなあ。それがこの門前町での賭場の開帳だってんじゃ、つまらねえ渡世だぜ」

「さようで」

と、瞬時、仙左は杢之助と視線を絡《から》ませ、

「杢之助さん、きょうはお初に目見得《めみえ》を得て、嬉しゅうござんしたぜ」

あらたまった口調で言うと、上体をもとに戻し腰を上げた。

「もう、帰《けえ》るかい」

「へえ」

「また来《き》ねえよ」

敷居を外へまたぎ腰高障子を閉める仙左に、杢之助は〝また来ねえ〟などと言った。木戸番小屋はむろん、この門前町にもふたたび来てもらいたくない相手だ。だが、自然にその言葉が出たのだ。

腰高障子の影が遠ざかった。

ふたたび波の音が戻ってきた。

あぐら居のまま、思考をしばし波音にゆだねた。

（みょうな……）

思えてくる。

牛糞や馬糞拾いで町に貢献している二本松一家に、賭場を開いてそれを門前町にまで持って来ようとしているとんでもない奴……に違いはない。だが話していて、仙左から嫌悪を感じることはなかった。

なぜ？

答えはすぐに分かった。

仙左は杢之助に、きのうからの先入観をもって対座した。いくらか言葉を交わすなかに、その先入観の当たっていることを確信した。すなわち蛇《じゃ》の道は蛇《へび》で、仙左は杢之助から、おなじ穴の貉《むじな》とまではいかないものの、かすかにだが同類のにおいを嗅ぎ取り、それで腰も徐々に低くなっていった……。

そうした仙左の変化を、杢之助も感じ取ったのだ。

（やつめ）

苦笑した。同時に、恐怖も感じた。仙左以外にもそれを杢之助から感じ取る者がいたなら、せっかく得た泉岳寺門前町での暮らしも、匆々《そうそう》に切り上げざるを得なくなる。

（どうする）

仙左と話しながら、杢之助の脳裡はそこを巡っていた。

結論を得た。

（敵対しちゃあ、こっちが危ねえ。包み込まねば……）

その思いが、〝また来ねえ〟の言葉になり、のどから出たのだった。

五

すり切れ畳にまた一人になり、あぐらを組んだまま、

「ふーっ」

大きく息をついた。

泉岳寺門前町の木戸番小屋に入るきっかけになったのが、あの足技にあったとはいえ、

（えれえ町の番太を引き受けちまったなあ）

初日から思わざるを得なかった。

ふらりと外に出た。門前町の坂道を上り下りする参詣人は多く、まして東海道に行き来する人の絶えることはない。

着物を尻端折に手拭いで頬《ほお》かぶりをし、大きな竹籠を背負い、挟み棒を手にしている男を見かけた。乾いた牛糞や馬糞を拾い集めているのだ。頬かぶりの顔を見ると、きのうおなじこの場所で荒稼ぎをしようとしていた三人と、おなじくらいの若い男だった。その若者は、日向亭の縁台の近くに落ちている、まだ乾いていない馬

糞を挟み棒で海浜の草むらのほうへ押しやった。茶汲み女が笑顔で、

「いつもありがとうね」

これで縁台に座った参詣人は、潮風に吹かれ気分よく茶を飲めるだろう。

若い頬かぶりは、草むらに乾いた牛糞を見つけ、挟み棒で器用につまんでひょいと背の竹籠に入れた。

杢之助は歩み寄って声をかけた。

「ご苦労さんだねえ。二本松のお人かい」

「へえ」

「町のお人らが口をそろえ言ってたぜ、ありがてえって」

頬かぶりの若者は挟み棒の手を止め、

「よく言われやす。ほんに、ありがたいことで」

杢之助はつづけた。しばし路上での立ち話になった。

「二本松のお貸元、丑蔵さんといいなすったねえ」

「へえ。いえ、親方《おやかた》さんで」

「ああ、親方のほうが合ってるねえ。いまでもその拾い集め仕事、ご自分でもやっていなさるのかい」

「いまはもっぱらあっしらが。まあ、あっしら若い者《もん》がやらなきゃ、親方が直接出なさるから、しねえわけにゃいきやせんや。あははは」

屈託《くったく》なく笑い、坂道を上って行った。寺社のご門前の通りとはいえ、落ちているものは落ちているのだ。

「気張りなせえ。いい仕事だぜ」

杢之助はその背につぶやき、木戸番小屋に戻った。

二本松一家などと仰々《ぎょうぎょう》しい名を付けられていても、一家から牛馬糞拾いや日傭取《ひようとり》の沖仲仕事などに出ている者たちからは、貸元などではなく親方と称《よ》ばれているようだ。そこからも二本松の丑蔵がいかような人物か、見えてくるような気がする。その丑蔵を〝親分〟とか、まして〝貸元〟などと呼んでいるのは、仙左一人かその周辺の者たちだけだろう。周辺の者とは、きのうの三人組の類《たぐい》だ。

仙左をはじめそのような者どもが、なぜさきほどの牛馬糞拾いの若者たちと二本松一家というおなじ屋根の下にいるのか、不思議に思えてくる。

向かいの日向亭翔右衛門か門竹庵細兵衛に訊けば、二本松のようすが分かるかも知れない。

そう思い、すり切れ畳からふたたび腰を浮かせかけた。

(おっといけねえ)

すぐさまその腰を元に戻した。

町役たちに軽々《けいけい》に訊くわけにはいかない。いかに俊敏《しゅんびん》な足技を見込まれて木戸番人になったとはいえ、以前を隠す杢之助が繁華な町の木戸番人になるのは、野原の枯れ葉一枚になり、人間《じんかん》に目立たぬよう暮らすのが目的である。そのためには、あくまで一介の老いた番太郎であらねばならない。浪打の仙左とその一派が門前町に進出して来るのを防ぐことを課せられたようだとはいえ、となり町にまで踏み込みそうな積極性を見せるのは、厳に慎《つつし》まねばならない。

(二本松と浪打のようすは、駕籠屋に任せよう。頼りになりそうだ)

杢之助は一人合点《がてん》するようにうなずいた。

腰高障子は閉め切らず、すき間程度に開けておいた。人の動きを音だけでなく、目でも掌握《しょうあく》できる。

陽が西にかたむき、障子窓に射す陽光も西日と感じられはじめたころ、

「ん?　あれは」

低く声に出し、腰を浮かせた。腰高障子のすき間に、いましがた街道から町場の坂道のほうへ移動したのは、

（仙左と、きのうの与太三人）

急いで三和土に下り、下駄をつっかけ腰高障子を勢いよく開けた。

四人はいましがた、木戸番小屋の前を過ぎたばかりだ。障子戸の音に驚いたように立ち止まり、ふり返った。

杢之助が声をかけるよりも早く、

「これは木戸番さん、ちょうどよござんした。あとでこいつらを引き連れ、伺おうと思ってたんでさあ。おう、おめえら。こっちがさきだ。ちゃんと挨拶して、詫《わ》びを入れるんだ」

三人の若い与太は、肩幅の広い仙左のうしろへ隠れるように立っている。一人は杢之助の下駄にむこう脛《ずね》をしたたかに打たれ、一人は腕を蹴り上げられ、もう一人は突然のことに足をすくませたのだ。

バツが悪そうに三人は歩を前に進め、

「きのうは、どうも。その……」

「へえ、わけありの番太、いや、木戸番さんだと知らずに」

「穴があったら入《へえ》りてえ」

つぎつぎに言い、ぴょこりと頭を下げた。

李之助が事情をつかめず戸惑っているのへ、仙左は言った。向かいの日向亭では茶汲み女が奥に報せたか、翔右衛門が暖簾から顔を出している。

「これから坂の上の門竹庵さんに行って、細兵衛旦那に詫びを入れさせようと思いやしてね」

若い者に騒ぎを起こさせ、そこへ出て行って鎮《しず》め、おのれの力を町衆《まちしゅう》に見せつける。門前町を縄張《なわばり》にし、賭場を開帳する工作の一環だったはずだ。

「おめえ、宗旨替《しゅうしが》えしたかい。町の顔役になろうって小細工はどうしたい」

思わぬ展開に、李之助が皮肉っぽく言ったのへ、

「人聞きの悪いことを言わねえでくだせえ」

仙左は恐縮するように返し、右手を頭のうしろへまわした。

この思わぬ展開を見ているのは、向かいの翔右衛門だけではない。近くの商家の者も往来人も、

「えっ、浪打の仙左？　若い無宿者まで？」

「しおらしく、いったいなにを？」

手をとめ足をとめ、一様に怪訝《けげん》な表情になっている。

それら注視のなかで仙左は、

「ま、宗旨替えといやあ、そうなりやしょうか。さっき木戸番さんと話しやして、その気になったのでさあ」

言うと若い三人に、

「おう、行くぞ」

「へえ」

三人は首をうなだれ、しおらしく仙左につづいた。

木戸番小屋の前で首をかしげて見送る杢之助に、翔右衛門が歩み寄り、

「どういう風の吹きまわしでしょうか。あのあと、午《ひる》すこし前に仙左がここに来ていたのは知っていました。木戸番さん、いったいなにを話されたかね。あやつが木戸番さんに一目置くのは分かりますが」

翔右衛門は足技のことを言っている。

杢之助は応えた。

「別にきついことは言っちゃおりやせん。ただ、この町でひょっこどもに悪ふざけをさせたり、あげくに賭場を開こうなど、考えてもらっちゃ困る……と」

「ふむ。仙左が木戸番さんに萎縮《いしゅく》するのは分かりますよ。それにしても……」

「儂も面喰らっておりやして」

視線をふたたび、坂を上る仙左たちの背に向けた。

門前町を行く者はその一群を避け、商家の者は暖簾の中に身を退《ひ》き、ようすを窺《うかが》っている。住人はいずれも蛇蝎《だかつ》のごとく、仙左とその手の者を嫌っているのがそこからも分かる。

町の一同が、いずれも四人の背をあらためて見送る。これまでの狼《おおかみ》が、まるで借りて来た猫になっている。門前町に歩を踏むのさえ申しわけなさそうに、三人はうつむき加減に仙左のうしろにつづいている。その仙左は愛想よく、これまで見知った者と目が合えば、

「これはまたご機嫌よろしゅう」

などと声をかけ、ぴょこりと頭を下げる。これまでを知っている住人が、意表を突かれたように首をかしげるのも無理はない。

「あとで門竹庵さんに番頭を遣って、ようすを窺ってみましょう」

「儂も一緒に行きてえくれえでさあ」

翔右衛門が言ったのへ杢之助は返した。

すぐだった。ふたたびすり切れ畳に一人となったところへ、向かいの日向亭の奉

公人が腰高障子に影を映した。さきほど翔右衛門に言われ、坂上の門竹庵までようすを見に行った番頭である。

旦那が呼んでいるというので行ってみると、奥の部屋に通された。きょう朝方に権十と助八を交えて話した部屋だった。二人はいま仕事に出ており、なんと門竹庵の細兵衛が来て翔右衛門と一緒に待っていた。

番頭が坂上へようすを見に行くと、細兵衛は、

「こちらから参りましょう。木戸の杢之助さんに確かめたいことがありますので」

と、一緒に坂下の日向亭まで来たのだった。

板敷の部屋に通され薄べりを敷いたが、相手が町役二人ではあぐらを組むわけにはいかない。翔右衛門も細兵衛も律儀《りちぎ》に端座《たんざ》している。

「これはまたお二人おそろいで。さきほど仙左がきのうの狼藉者三人を引き連れ、門竹庵さんに伺うと申しておりやしたが」

言いながら杢之助も端座の姿勢をとった。

「そのことですよ、木戸番さん。驚きじゃありませんか」

「そう、そうなんですよ。あの者たちが店先に来たものですから、番頭も手代も緊張し、作業場にいた私を呼びに来ましてねえ」

日向亭翔右衛門の言葉に、門竹庵細兵衛がつないだ。

細兵衛がおもてに顔を見せると、仙左が店先に与太三人を並べ、

「――さあ、謝るんだ。さあ、さあ」

と、順に頭を小突《こづ》き、あらかじめ用意していたか、

「――門竹庵の旦那とは知らず、申しわけねえことをしやした」

「――もう二度といたしやせん」

「――もちろん、この町のお人らにもです」

三人は順に口上《こうじょう》を述べ、仙左も、

「――このとおりでごぜえやす。あっしがもうこいつらにこの町へ迷惑をかけるようなことはさせやせん。むろん、ご門前で賭場を開こうなどの料簡《りょうけん》もすっぱり捨てやした」

言ったという。

「なんと！」

と、これには翔右衛門もあらためて驚きを示した。

聞いていたのは門竹庵の者だけではない。この異様な光景に近辺の商舗からも人が顔を出し、往来人も足を止め、慥《しか》と見て耳にもしているのだ。

さらに仙左は言ったという。

「——街道の木戸番小屋に、あんな木戸番さんが入《へえ》りなすったんじゃ、あっしらの出る幕はござんせんや」

うわさはきょう中にも坂の上から下へとながれるだろう。仙左たちの大転換とともに、きょうが一日目である杢之助に、住人たちの関心は集まるだろう。

細兵衛の話を聞きながら杢之助は、

（まずい！）

思った。初日からこれでは、野原の枯れ葉一枚になることはできない。

細兵衛の言葉はつづいた。

「妹のお絹と姪のお静から、杢之助さんの尋常でないところは存分に聞かされていますが、仙左をなんと言って抑《おさ》えなさった。そこが訊きたい。それにしても、一度の目見得《めみえ》であの者どもをおとなしくさせるなど、並みの者にできることではありません」

そこへおりよく、坂下から日向亭の番頭がようすを訊きに来た。それで一緒に坂を下って来たという。

杢之助は端座のまま内心に走った思いを隠し、

「なんでもありやせん。ただこの町に……」

と、さきほど木戸番小屋の前で立ち話のかたちで翔右衛門に言ったとおりのことを話した。

翔右衛門が言う。

「そういうことなんですじゃ。ただそれだけであの仙左が与太どもを連れ、あそこまで変貌するとは。これは門竹庵さん、きのうこのお人を木戸番人にと思いついたのは私ですが、細兵衛さんも即座に承知なされた。こりゃあ門竹庵さん、私たちの町は、この上ない拾い物をしたかも知れませんぞ」

「そう。それを私もさっき、坂道を下りながら思っておりましたのじゃ」

細兵衛は返し、視線を杢之助に戻し、

「お絹の話じゃ、盗賊に追われ、あわやというところで飛び出て来て危難を救っていただき、そのあとも街道を数日つき添っていただき、この高輪にようやくたどりついたということですが。杢之助さん、ご府内でも木戸番人をなさっていたとのことですが、その以前はなにを……？　詳しく訊きたいものですじゃ」

「おっと、それは道中でお絹さんにもお静坊にも話しやしたぜ。あちこちの木戸番小屋を渡り歩き、江戸を出る前《めえ》は両国でやしたよ。そのうちその町の町役さんのお手代さんが、儂を訪ねて来なさろうよ。その人は儂がこの町に入《へえ》るまで一緒でやしたから。お絹さんもお静坊も、よく知っていなさるから」

李之助にとって、最も恐れていた問いが出た。

以前はなにを……である。

うまく切り抜けた。両国米沢町の中島屋の手代・紀平とは六郷《ろくごう》の渡しを経て品川宿を抜け、門前町に戻って来るまで一緒だったのだ。

だが、翔右衛門も問いを入れた。李之助の足技を見抜いているのだ。

「その以前はなにを……？　若いころから木戸の番太郎さんじゃないでしょう」

そら来た。質問は必ずそこに行き着く。

だが李之助には、歴《れき》とした以前がある。

「へえ。きのう、細兵衛旦那にも話しやしたが、若えころ《わけ》は飛脚をやっておりやして、この街道筋は幾度も走り、勝手知った庭のようなものでして」

紛《まぎ》れもない事実である。

翔右衛門が得心したように言った。

「なるほど。それで足腰が達者で、自在に素早い動きも……」

「まあ、それだけが取り柄で。肩から状箱《じょうばこ》をはずしてからも、足腰が達者で世を渡ってめえりやした」

「どうりで、それでお絹が言っておりました。街道筋で渡し場のようすにも精通していた、と」

細兵衛があらためて言えば、

「やはり私らは、得難い人を得ましたようじゃ。これで泉岳寺門前町の厄払《やくばら》い、叶《かな》いますなあ。よろしゅうお願いしますぞ」

と、翔右衛門が得心のなかに、この場を締めくくった。

危ない場面を乗り切った。日向亭翔右衛門と門竹庵細兵衛という、この町の重要な二人に、疑念を抱《いだ》かさずにすんだのだ。

外に出ると地に落とす影は長く、そろそろ陽が西の山の端《は》に沈む時分になっていた。この地では、陽は海から出て山の端に沈む。

すり切れ畳の上に戻った。明かり取りの障子窓が夕陽に赤みがかっている。

あぐらを組み、

「ふーっ」

疑念を呼び起こさずにすんだことへ、安堵の息を大きくつき、

(まだまだぜ、安堵するのは)

　自分に言い聞かせた。

（あの渡世人《とせいにん》が、かくもはっきりと変化を見せやがったのは、儂の足技を見抜いたからだけじゃあるめえ）

　思えてくる。仙左の見事な変わりようのことである。

（それなりの事情というより、目的があってのこと）

　周囲の動きに、李之助はことさら敏感である。極度な心配性で、用心深いのだ。

　障子窓の赤みは消えていない。陽はまだ沈んでいないようだ。

（そろそろ帰《けえ》って来ようかなあ）

　権十や助八たちである。

　二本松と浪打への聞き込みは、翔右衛門がけさがた頼んだばかりである。それの成果がきょう得られるなど思っていない。だが波音のなかに、二人の帰りを待っている。

　翔右衛門は仙左の変容を〝厄払い〟などと言っていたが、李之助にはそれが新たな、もっと大きな揉め事の兆候《ちょうこう》と思えてならないのだ。

六

空駕籠を担いで帰るときは、威勢のいい掛け声などかけない。疲れていることもあろう、息だけの掛け声で、押し黙って帰って来る。

波音が消えることはない。

外はまだ明るい。

腰高障子に二つの影が立った。

「帰《けえ》って来たな」

杢之助は声に出し、すり切れ畳に腰を浮かせた。

「おう、木戸番さん。いま帰《けえ》ったぜ」

腰高障子が勢いよく開き、声を重ねたのは前棒の権十だった。日々の所作も駕籠を担ぐときとおなじか、後棒の助八がその背後に立っている。

「おうおう、稼ぎはどうだったい。まあ、休んでいきねえ」

杢之助は浮かせた腰をそのまま奥に引き、すり切れ畳を手で示した。

「ああ、そうさせてもらわあ」

権十はいかにも一日の仕事を終えたように、すり切れ畳に腰を落とし、

「ま、稼ぎはいつものとおりで。多くも少なくもなかったが」

と、助八もそれにつづいた。

二人をすり切れ畳に迎えた瞬時、杢之助の脳裡に両国米沢町のまえに十年も住みついた、四ツ谷左門町の木戸番小屋の情景が浮かんだ。

番小屋の奥の長屋に住んでいた鋳掛屋《いかけや》の松次郎と羅宇屋《らうや》の竹五郎が、二人そろって仕事から帰って来ると顔を見せ、その日の町のようすをひとしきり語っていたものだった。それで杢之助は一日木戸番小屋にいながら、町できょう起こった事件や事故、ながれているうわさなど、つぶさに知ることができた。

組み合わせも似ている。松次郎が角顔で威勢がよければ、竹五郎は丸顔のおっとり型だった。それがいまの前棒の権十と後棒の助八である。

権十と助八には、それ以上のものが期待できそうだ。なにしろ初日から二本松と浪打への聞き込みを頼み、しかもそれが門前町と車町にまたがる町役・日向亭翔右衛門のお墨つきなのだ。

（頼むぜ）

杢之助は胸中に念じ、

「すまねえなあ。疲れて帰《けえ》って来たところへ、お茶の用意もなくてよう」

申しわけなさそうに言うと、

「なあに、木戸番さん。気を遣《つか》ってもらっちゃ、けえって困らあ」

「そうよ。溜りの駕籠舁きはみんな、帰《けえ》って来ると、まずお向かいの日向亭の縁台でひと休みさ。茶汲みの姐《ねえ》ちゃんたちが茶を淹《い》れてくれてよ」

権十に助八がつないだ。それが習慣になっているらしい。もちろん日向亭は向かいの駕籠舁きから茶代を取ったりしない。

すでに一服つけてきたか、二人ともくつろいだ雰囲気ですり切れ畳に腰を下ろしている。杢之助は性急な聞き込みの成果よりも、牛糞や馬糞拾いから身を起こした二本松の丑蔵と、毛並みのまったく異なる浪打の仙左の係《かか》り合いを聞きたかった。それが疑念を解く鍵になると思えたのだ。

「そうかい、そりゃあいいや」

茶店の話に相槌《あいづち》を打ち、仙左がきのうのひよっこ三人を引き連れて来たことを話した。

「えぇえ！　仙左が!?」

「すりゃあ大事件だ。どんな風の吹きまわしでえ！」

二人は上体をせり出した。

李之助も上体を前にかたむけた。こうした話の背景など、商家のあるじより町の駕籠舁きたちのほうが、生々しいところを知っているはずである。李之助は切り出した。

「浪打のなんざ、奇妙な二つ名だが、馬糞や牛糞拾いで身を立てなすった奇特なお人のところへ、なんで仙左みてえな毛色の違う奴が巣《す》くってるんだい」

「そりゃあ丑蔵さんの人柄さ。おっとりとして貫禄もあり、面倒見のいい人だからなあ」

あとは権十の話に、助八が補足するように語る。

半年ほどまえのことらしい。袖ケ浦の海浜に男が一人流れ着いた。意識はあり、波打ち際にふらふらと足をもつれさせていた。丑蔵に知らせる者がいた。丑蔵は走った。

男はいまにも倒れそうにふらついている。いずれかの船の水手《かこ》のようだ。船が難破したのか、誤って胴間《どうま》（甲板）から海に落ちたのかわからない。ともかく海岸であってもふらついているからには、街道の行き倒れと似たようなものである。

「それで浪打の仙左かい」

「そういうことでさあ」

李之助が得心したのへ権十が返し、

「一家の若い者がつけた名らしいですぜ」

助八が補足した。

丑蔵は男を一家に連れ帰った。

回復は早かった。

名を仙左と名乗り、誤って海に落ちたというが、いずれの船かも、連絡《つなぎ》をつけてもらいたい廻船問屋も話さなかった。

「――街道に行き倒れた者にも、在所も名も言わねえ者はおる。人それぞれに事情はあろうて」

と、丑蔵はしばらく仙左を一家の屋根の下に置いた。

置いてみると、牛糞や馬糞拾いは嫌々ながらもするが、それよりも読み書きができ、算盤《そろばん》もなかなかに達者だった。

「――これは」

と、丑蔵は仙左を屋根の下どころか手元に置き、一家の経理《きりもり》をやらせた。丑蔵はそれこそ仙左を〝いい拾い物〟と思ったに違いない。街道の行き倒れからは得られない人材である。仙左はその期待によく応えた。

一月《ひとつき》もすれば、丑蔵の右腕にもなった。

だが、丑蔵が眉《まゆ》をひそめるときが来た。

仙左が一家の中で丁半賭博《ちようはんとばく》を始めたのだ。丑蔵は、強くは咎《とが》めなかった。丁半を張るのも一文銭《いちもんせん》や四文銭《しもんせん》など寛永通宝《かんえいつうほう》が中心で、ほんの手慰《てなぐさ》みというより気晴らしのようなものだった。

「――へへ、丑蔵旦那。船の上じゃ仲間内でよくやってんでさあ。梶取《かんどり》や船頭《ふながしら》なども加わりやしてね。波の上での、唯一の楽しみだったんでさあ」

仙左は丑蔵に言ったという。実際にそうなのだ。一家の若い者たちは仙左の開帳する盆茣蓙《ぼんござ》を楽しみにした。それに、一家の金を使うわけではない。それぞれの巾着《きんちやく》から出す銭《ぜに》が動くだけなのだ。

うわさは町場にながれた。車町には荷運び人足が多い。一家の門を叩き、開帳に加わる者も増えた。

権十が言った。

「そのころだったぜ。ご開帳が俺たちの耳にも入《へえ》ったのは」

「そうそう、仙左が代貸などと呼ばれるようになったのもなあ」

助八がつないだ。〝代貸〟とは賭場で客に金銭を融通する貸元の代理人で、そのような者がいるとは、もうそこはすでに立派な常設の賭場である。だが、動くお宝はあくまで一文銭や四文銭などが中心で、小博奕《こばくち》の域を出なかった。

「仙左の野郎、俺たち駕籠舁きに言いやがるのよ。大木戸向こうの武家屋敷から客を連れて来りゃあ、手間賃をはずむぜってよ」

「そう、俺たちだけじゃねえ。こっちの溜りの仲間たちにもよ」

権十が言ったのへ、助八がつなぎ、

「丑蔵さんは、自分がやくざ一家みてえに貸元なんぞと呼ばれるのを嫌っていなさってよ。したが、仙左め。上がりのいくらかをしょば代などと一家に入れているから、やっぱり強くは言えねえようで」

いくらかながれが分かってきた。

仙左にすれば、丑蔵から小言《こごと》を喰らい、小博奕ながらそういつまでも車町の一家の屋根の下で開帳するわけにはいかなくなったのだろう。それで手なずけた若い溢《あぶ》れ者《もの》たちを使嗾《しそう》し、門前町に根を張って開帳できそうな場所を探しはじめたのだろう。

それにしても、やり方が荒っぽく、稚拙《ちせつ》に思える。

「そうそう、きょう聞き込んだことじゃねえから、つい言いそびれていたが」

と、助八が不意に話題を変えた。

「さっき権《ごん》が、大木戸向こうの武家屋敷って言ったから思い出したんだが、一月《ひとつき》くれえめえだったか、その大木戸の広小路《ひろこうじ》で客待ちしているときよ。仙左がふらりと来やがってよ、薩州蔵屋敷に手慰みをしそうな中間《ちゅうげん》はいねえかって、わざわざ訊かれたことがあったなあ」

「おっ。あった、あった。そのめえにもよ、薩摩さんになにか変わった動きがあったってえ話は聞いていねえか、なんて訊きやがったじゃねえか。あんな大名屋敷の中なんざ分かるかってんだ」

「そう。訊かれた、訊かれたぜ。ま、それだけだったが」

二人は交互に話し、権十が、

「おっ、もう陽が落ちたぜ」

明かり取りの障子窓の明かりが弱くなった。部屋の中も暗くなりかけている。

二人は腰を上げた。

薄暗くなった部屋に、また杢之助は一人となった。

(あの二人、役に立ってくれそうだ)

李之助は思った。すでに役に立っている。二本松の丑蔵や浪打の仙左について、門前町だけでは分からないことを、いろいろと話してくれたのだ。

(そうか。なるほど)

李之助は一人で合点《がてん》した。

(仙左め、なにやら薩州蔵屋敷に探りを入れたがっているな)

仙左が二本松一家で丑蔵と揉めるのを承知で賭場を開帳したのは、大木戸向こうの武家屋敷、それも薩州蔵屋敷の中間を呼び込むのが目的だったのではないか。

それだけではない。泉岳寺の門前町に賭場を物色しはじめたのは、もちろんあわよくば自分が貸元になって……、との思いもあったろうが、

(目的は、薩州の中間を取り込む……)

ところにあった。だから障壁にぶつかれば、さっさと方向を転換できた。

ならば、薩州に探りを入れたがる目的は……。

それがまだ、分からない。

(日数をかけてでも、かならず)

賭場の一件が一応落ち着いたこともあり、焦《あせ》る必要はなくなった。

外は徐々に暗くなり、駕籠溜りから火種をもらって来て、油皿の灯芯《とうしん》に移した。

部屋の中で、その部分だけがわずかに明るくなった。

（なんとも目まぐるしい一日じゃったわい。初日というに）

心身ともにすごく疲れたのを感じた。

だが本来の木戸番人としての仕事は、まだ残っている。火の用心の夜まわりと、木戸を閉じることだ。

金の延べ板

一

府内では宵《よい》の五ツ（およそ午後八時）と夜《よる》四ツ（およそ午後十時）に火の用心の夜まわりをする。高輪は大木戸の外で府外になるが、町で定めた木戸番小屋の役務は、府内のものを踏襲している。

その時刻を迎えた。

「さあーて」

杢之助はつぶやき、部屋の隅に置いてあった提灯を取り、油皿の灯芯《とうしん》の火を、提灯のろうそくに移し、首に拍子木《ひょうしぎ》の紐《ひも》を引っかけ、三和土《たたき》に下り白足袋《しろたび》の足に下駄をつっかけた。

一連の仕草は波の音さえなければ、四ツ谷左門町や両国米沢町のときとまったく変わりはない。違うところといえば、手にした提灯に墨書されているのは、〝泉岳寺門前町〃の文字である。こればかりは木戸番小屋ごとに異なる。

もう一つ、異なるものがあった。

提灯を手に一歩外に出た。まわるべき町が異なっているのは、場所を変えたのだからあたりまえである。

拍子木を打ち、

「火のーよーじん、さっしゃりましょーっ」

ひと声上げ、二歩、三歩と地を踏む。

異なっている。

あきらかに違うのだ。

初めての町でも、まわるべき道順はおもて通りの枝道から路地まで、昼間門竹庵の番頭に案内され、夜目《よめ》の利く杢之助は夜でも迷うことはない。

目をつむっていてもまわれる四ツ谷左門町や両国米沢町の地を踏むよりも、今宵が初めてのこの町のほうが、

（ゆったりとした気分だわい）

人っ子ひとりいない夜の坂道に、波の音を背景に大きく息をついた。

この余裕……は、杢之助の胸中に秘めたものであり、この町の木戸番人を引き受

けた理由の一つでもある。

すなわち、

(大木戸の外に……)

奉行所の手は及ばない。

『だから儂《わし》は、落ち着けるんでさあ』

などと、他人《ひと》に言えたものではない。

――チョーン
拍子木を打ち、火の用心の口上《こうじょう》を口に、坂道を上る足取りは軽かった。

江戸府内にも知られた高輪泉岳寺の門前町に、宵の五ツにはすでに山門前の常夜灯《じょうやとう》以外に、一点の灯りもなく人の影もないのは、日向亭や門竹庵など町の町役《ちょうやく》衆の努力の賜物《たまもの》であろう。坂道に歩を踏みながら、胸中に誓うように念じた。

(この平穏、一緒に護《まも》らせてもらいやすぜ)

すでに浪打《なみうち》の仙左《せんざ》に、丁半《ちょうはん》で門前町を引《ひ》っ掻《か》きまわすのを断念させている。

それがまた杢之助の胸中で新たな疑念となっているのだが、これまでのように岡っ引の目を気にすることなく動けることへの安堵を胸に町内を一巡し、上った坂道を下り、木戸番小屋を背にして街道に立った。いかに東海道とはいえ、この時分に動く提灯の灯りはない。大きく息を吸えば、暗闇の前方がどこまでも広がっているのが感じられる。海だ。

夜四ツに、ふたたび町内を一巡する。

戻って来ると、こんどは木戸を閉める仕事がある。

両開きになっている。

（さすが泉岳寺さんのご門前だ）

左門町も米沢町も両開きに違いはなかった。

だが木戸に手をかけ、

「よっこらせ」

開け閉めに声を出したのは、これが初めてだった。歳《とし》のせいではない。泉岳寺門前町の木戸の寸法が、左門町や米沢町にくらべ倍ほどもあるのだ。

閉め終え、

（こいつは朝晩、足腰を鍛えさせてもらうことになるなあ）

これまでと異なる町を、あらためて全身に感じた。

番小屋に戻り、三和土に立った。

腰高障子を閉めても、静寂の夜に波の音が昼間より身近に聞こえる。その音のな

かに、

（うっ、大丈夫だったろうか）

杢之助には、ハッとするものがあった。

下駄だ。街道と門前通りの人のながれ、それに海の音のなかに、すっかり忘れていた。

手拭いで頬かぶりをし、地味な着物を尻端折にして白足袋に下駄を履《は》き、いくらか前かがみになって歩を踏むのが木戸番人の定番《ていばん》だが、人間《じんかん》に埋もれて暮らしたい杢之助の、最も好むいで立ちである。泉岳寺門前町にわらじを脱いでから、すでに杢之助はその姿で町に溶け込んでいる。

だが、下駄を履いた杢之助の足に、音がないのだ。そこを武術に心得のある者や伊賀《いが》や甲賀《こうが》などのながれを汲む者が見たなら、

（むむっ、あれはっ）

と、目を瞠《みは》るだろう。

あるいは、

（公儀《こうぎ》隠密……!?）

思うかも知れない。

長年全国の街道を走り、自然にあみだした疲れを残さない走法に加え、盗賊の群れに引き込まれ幾歳月《いくさいげつ》にもわたって身につけた、音無しの歩の踏み方……。すっかり杢之助の身についてしまっている。それが自然の姿となってしまっているのだ。そこへさらに、必殺の足技までが加わる。

(危ねえ)

思わざるを得ない。いつ、誰の注意を引くか知れないのだ。

歩き方を世間一般に戻し、下駄には下駄の音を立てようと心がけた。だが意識すればぎこちない歩き方になり、かえって人目を引き目立つことになってしまう。

(えぇい、このまま)

思う以外にない。

だが気になる。

向かいの日向亭の女中たちとはすでに顔見知りになり、あるじの翔右衛門にも歩く姿を幾度《いくど》か見られている。門竹庵の番頭とは肩をならべ、町を一巡している。門前通りに、武士も歩いていた。お絹やお静は、小田原から道中を共にしているのだ。翔右衛門と仙左はすでに、みょうな足技に気づいている。

(ほかに、もっと穿《うが》った目で気づいた者はいないか)

いまのところ、それはないようだった。

低く、口の中でつぶやいた。

「因果《いんが》よなあ」

世間に隠さねばならない、おのれの来《こ》し方《かた》である。

二

「ほっ、明けたか」

声に出した。

寝起きというのに、弾《はず》んだ声だった。

搔巻《かいまき》をかぶったまま、視線を腰高障子に投げた。

うっすらと明るい。木戸を開けるのは日の出の明け六ツで、陽光が障子戸に射すまで、まだいくらか間がある。

両国米沢町で、杢之助はいつも日の出まえに木戸を開けていた。朝の短いあいだがその日の勝負時である魚屋や豆腐屋《とうふや》、納豆売《なっとう》りなどの棒手振商《ぼてふりあきな》いの者は喜び、一日の仕事を米沢町から始めたものである。

杢之助はこの朝の感覚を、東海道と袖ケ浦に面した泉岳寺門前町に移っても狂わせていなかった。

おもてに出た。門前町の通りにも街道にも、まだ人影はなく、向かいの日向亭も雨戸が閉まったままである。

日の出まえの朝の潮風が心地よい。大きく息を吸い、木戸を背にして人影のない坂道に、

「よろしゅうお頼み申しまする」

夜なら拍子木をひと打ちするところだが、いまは日の出まえである。ふかぶかと白髪交じりの頭を下げた。

向きを変え、

「さてと」

木戸に手をかけ閂《かんぬき》を外した。昨夜も感じたことだが、さすがに泉岳寺の山門に直結した木戸だけあって、片方だけでも米沢町の両開き分ほどある。

「よっこらせ」

かけ声をかけた。

木戸を出て街道に立った。

「おうおう。これはこれは」

と、眼前で日の出まえの海原が波打ち、気のせいか南の品川宿と北の高輪大木戸あたりの家並みに、人々の動き出した気配を感じる。

不意に横合いから、

「おっ、もう開いてるぜ。おめえさん、新しく入《へえ》った此処《ここ》の番太さんかい」

声にふり向くと、豆腐屋だった。

「へえ、さようで。よろしゅうに」

「こっちこそよろしゅう頼むぜ。ありがてえなあ。早めに木戸を開けてくれてよ」

話しているところへ、納豆売りも来た。

ちょうど日の出を迎えた。

しじみ売りも来た。

「ほっ、もう木戸が開いてらあ」

と、声に出す。

どの棒手振の声も活気があった。

門前町にも、そこに暮らしている人々の営《いとな》みがある。かまどや七厘《しちりん》から立ちのぼる朝の煙のなかに、棒手振たちがそれぞれの触売《ふれうり》の声を上げる。

街道にも人の動きが見えはじめる。速足《はやあし》で北へ向かうのは、昨夜日暮れてから品川に入り、江戸入りをきょうに延ばした旅人たちだろう。南へ向かうのは、いましがた大木戸を抜け、東海道への旅に踏み出した人々だろう。

「おぉう、おうおう」

杢之助はそれらの動きに目を細めた。かつてはそれらのなかに混じり、全身で風を切った飛脚だったのだ。

向かいの日向亭の雨戸が動き、女中が縁台を外に出す。参詣の客が腰を下ろすのは、陽がもうすこし昇ってからだろう。となりの駕籠溜《かごだま》りでも仕事支度《じたく》にかかり、ある駕籠は日向亭の前で客待ちをし、ある駕籠は高輪大木戸の広小路まで出向いて客を拾う。

まわりから権助《ごんすけ》駕籠と呼ばれている権十と助八は、

「きょうも大木戸で客待ちといくか。あそこなら車町の荷運びさんたちもよくひと休みしているからよ」

「そう、運ぶものは違っても、兄弟《きょうでえ》みてえなもんだからなあ」

と、朝めしをかき込みながら言っていた。きのうの朝餉《あさげ》は翔右衛門の招きで、日向亭の奥の部屋だった。

そこで交わされた二本松と浪打のようすを二人は意識し、浪打の仙左たちが詫びに来たことにも、強い関心を持っているのだ。

「仙左の以前なら、車町の兄弟《きょうでえ》たちに訊きゃあ、すぐに分かりそうだぜ」

「あの野郎、代貸《だいがし》などと呼ばれ、ずいぶん目立ってやがるからなあ」

権十が言えば助八がつなぎ、

「さあ、行くぜ」

「おう」

と、大木戸の広小路に向かった。

杢之助は街道まで出て、その背を見送った。

期待できそうだ。

気になるのだ。なにしろ仙左は、

(儂を同類と見なしてやがる)

門前町での賭場《とば》の件は退《ひ》いてくれたからよかったものの、

(代わりにどんな話を持って来やがるか)

警戒の念が湧いてくる。

同時に、

（来なせえ）

秘《ひそ》かな期待も湧《わ》いてくる。

いよいよ杢之助は、泉岳寺門前町で野原の枯れ葉一枚ではいられなくなったようだ。とっさの飛び込みで門竹庵細兵衛の危難を救ったことに加え、お絹は話している。

「――ほんとう、あのお人に命を救われたのです」

他に類を見ない技量が、杢之助に備わっているのだ。

十二歳のお静がお絹の袖《そで》にすがってうなずけば、話はますます信憑性《しんぴょうせい》を帯びてくる。

さらに言いがかり騒ぎの仙左が実行役の若い与太三人を引き連れ、細兵衛に詫びを入れ〝あんな番太郎に入り口を固められたんじゃ〟などと言っている。

うわさが坂上から坂下へながれるのは早い。なにしろ一丁半（およそ百五十米《メートル》）ばかりの、小ぢんまりとまとまった門前の町場なのだ。

権十と助八を見送ってからすぐだった。

「木戸番さん、いなさるか」

と、外から木戸番小屋の腰高障子を引き開けたのは、坂の中ほどに暖簾を張る旅籠《はたご》・播磨屋《はりまや》のあるじだった。播州赤穂《ばんしゅうあこう》の浪士が眠る泉岳寺門前町の旅籠にふさわしい屋号で、先代が播州の出らしい。旅籠の亭主らしく、ゆったりと落ち着いた感じの人物で、この町の町役の一人だ。

「そなたじゃな、門竹庵さんと日向亭さんの肝煎《きもい》りで、新たに入りなさったという木戸番さんは。さっそく初日に見たとおり、なにかと面倒を抱えた町でしてな。ともかく、よろしゅう頼みますぞ」

言うと杢之助の挨拶も待たず、お供の小僧に持たせていた一升徳利《どっくり》を、

「まあ、夜にでもゆっくりやりなされ」

と、すり切れ畳の上にそっと置くと小僧をうながし、敷居を外にまたいだ。みずから腰高障子を閉めようとするのへ、

「これはどうも、恐れ入りやす」

杢之助は急いで腰を浮かし、首だけ障子戸の外へ出し、見送った。

うわさを聞き、いかような人物か品定めに来たようだ。

木戸番小屋に町の町役が手土産《てみやげ》を持って伺いを立てるなど、他の町ではおよそ見られない光景だ。

播磨屋だけではない。つぎに腰高障子に影を映したのは、門竹庵のとなりで、縁台ひとつという小さな茶処《ちゃどころ》も備えた菓子屋の亭主だった。門竹庵細兵衛が竹細工職人の親方でもあるように、菓子職人を兼ねたふくよかそうな人物だ。菓子屋の亭主が痩せていたのでは、商舗《みせ》の看板にならない。屋号を千種庵《ちぐさあん》といった。赤穂藩領内を流れている千種川《ちぐさがわ》から名をとったようだ。あらたまった菓子折りではなく、飾りのない菓子の包みを手土産にしていた。

午前中だけで腰高障子を開けたのはもう一人いた。山門に近い鷹取屋《たかとりや》という仏具屋だった。物腰の柔らかそうな旦那だ。やはり町役である。

杢之助はその屋号の由来を、全国を駈けめぐった飛脚なればこそ知っていた。山陽道《さんようどう》の姫路《ひめじ》から枝道にそれ、赤穂領内に入るにはかならず通る峠《とうげ》が鷹取峠なのだ。その峠の名を屋号にしている。

鷹取屋のあるじは、

「お願いしますぞ。仙左の話は聞きましたじゃ。今後ともよろしゅうな」

と、ろうそくを数本、紙縒《こよ》りで束《たば》ねたものを差し出した。部屋の灯りを取るのに油皿の灯芯の火ではなく、ろうそくを使うなど庶民にはいくらか贅沢《ぜいたく》である。

腰を浮かし、鷹取屋の亭主を見送ると、杢之助はぺたりとすり切れ畳に座り込んでしまった。

まるで鳴り物入りで木戸番小屋に入ったようだ。町では仙左一人に相当てこずっていたのだろう。そこへながれた〝新たな木戸番さん〟のうわさが、強烈だったようだ。なにしろ町役総代の妹の〝命の恩人〟なのだ。

(それにしても……)

杢之助は頬をゆるめた。播磨屋から千種庵に鷹取屋と、さすがに泉岳寺の門前通りではないか。

しばし山陽道を走った昔に思いを馳せ、

(権十と助八どん、うまく仙左につながるうわさの一つもつかんでくれたろうか。まあ、仕事に障《さわ》りのねえ程度にやってくんねえ)

念じているところへ、また腰高障子に影が立った。

陽が中天を過ぎ、いくらかを経た時分だった。

(おっ、仙左!)

とっさに腰を浮かし、身構えた。

(いかん、さりげなく受けとめなきゃ)

杢之助が腰をもとに戻すのへ合わせたように、

「おう、木戸番さん。いなさるかい」

野太《のぶと》い胴間声《どうまごえ》とともに腰高障子が開けられ、立ったのは果たして浅黒く体格のいい仙左だった。両国の岡っ引で、耳に刺さる甲高《かんだか》かった捨次郎《すてじろう》の声と対照的である。

この声で盆茣蓙《ぼんござ》を前に、丁半どっちもどっちもなどとやれば、けっこうサマになるだろう。

「どうしたい、きょうも昼間っから。まあ、座んねえよ」

杢之助はすり切れ畳を手で示した。

仙左はうなずき、

「ほう、ありがてえぜ。毛嫌いすることなく受け入れてくれてよ。さすがは相応の以前がありなさるお人だ。ありきたりの番太とは違うようだ」

仙左はうしろ手で腰高障子を閉め、すり切れ畳に腰を投げ落とすと上体を杢之助のほうへねじった。

杢之助は〝相応の以前〟が気になったが、言葉のやりとりはともかく仙左に合わせた。きのうは双方とも自分の以前についてうまくはぐらかし、具体的なことはなにも語っていないのだ。そこが仙左にはかえって気になるのだろう。もちろん杢之助にしては、気にされることが気になる。

「おめえさん、油断のならねえ人のようだ。儂が〝相応の以前〟を持っているなんざ、それはおめえさんのほうじゃねえのかい」

杢之助もまさに、蛇《じゃ》の道は蛇《へび》である。そこに合わせているのだ。

仙左はつづける。やはりしたたか者のようだ。

「木戸番さん、ふふふ。分かっていなさるようで。お互い似たようなもんで。だからあっしは杢之助さんを他人とは思えねえ。それにあっしはこう見えても、礼《れい》はわきまえているほうでして。世の中、長幼序《ちょうようじょ》ありと申しやすからね」

「ほう。それで三十がらみのおめえさんが、四十がらみの二本松の丑蔵さんのところじゃ、丁半を打つにも破目《はめ》を外さねえよう心がけているってわけかい」

「それもありまさあ。杢之助さんに対してもですぜ」

「儂にも？　おめえさんのどこに礼があるんでえ」

「杢之助さんのひと声で、若え者《わけ》にこの町で悪戯《わるさ》をさせねえようにしやしたし、お察しのことと思いやすが、あわよくばこの町にも賭場をと思っていやしたが、それも引っ込めやした」

「ああ、それよ。町のお人ら、ずいぶん喜んでいなさるぜ。したが、いいことをしたとは言わせねえぜ。もともとおめえさんが仕掛けた災厄《さいやく》だったと聞いてるからなあ」

「ま、そうかも知れやせんが、ともかくそれをやめたのも、あっしの杢之助さんへの礼のあらわれと思ってくだせえ」

「気持ち悪いぜ、おめえさんからそんな言葉をもらうのはよう」

「へえ、あっしも他人《ひと》さまにこんなこと言うのなんざ、初めてでさあ。ともかくあっしはいまは親分なしの身でやして」

「おめえさんのせいで、二本松の丑蔵さんが〝貸元〟などと呼ばれているんじゃねえのかい」

「あの親分さんは人がよすぎまさあ。あっしのような悪《わる》が、親分とか貸元などと称《よ》んでいいお人じゃありやせん」

「おいおい、仙左さんよ。おめえ、なにを企《たくら》んでいるのか知らねえが、儂を仲間になどと思ってんじゃねえだろうなあ」

「へへ、杢之助さん。仲間だ一味だはともかく、長幼の礼は取らせていただきやすぜ。ま、きょうは近くまで一人で来たもんで、ご機嫌伺いにちょいと寄らせてもらっただけで」

仙左は言うと腰を上げ、

「また来させてもらいまさあ」

　李之助の返答を待つこともなく、敷居を外にまたいで腰高障子を閉めた。障子戸から影が遠ざかる。

（いかんわい）

　李之助は思った。

（なにが〝ちょいと寄らせてもらった〟だ。気色《きしょく》悪い）

　影は街道から来て街道に引き返した。明らかに目的があって木戸番小屋を訪ねて来たのだ。だが、具体的なことはなにも言わなかった。ただ〝長幼の礼は……〟などとしおらしいことを言った。その本意を聞き出そうと李之助は仙左の土俵に上がり、話を合わせようとした。結局は自分のほうから〝儂を仲間になどと……〟と、切り出してしまった。ところが、うまくはぐらかされてしまった。李之助のほうが、仙左の話に乗せられていた。

　それだけ仙左は巧《たく》みで用心深い。企《たくら》んでいるのが、自分で仕切れる賭場の開帳や、ましてコソ泥の類《たぐい》ではないだろう。

（もっと大きな、準備と度胸の必要な……）

　それを知るには、仙左がまた来るのを待つ以外にない。

きょうの仙左は、杢之助の人物を確かめに、また値踏《ねぶ》みに来たのだろう。まさに油断のならぬ相手だ。まだ霧のかかったような仙左に、警戒心も積極性も見せるわけにはいかない。自然体が、一番よいようだ。

待たれるのは、やはり権十と助八の聞き込みである。

陽が袖ケ浦の上空で西にかたむいてからも、幾人かの住人が木戸番小屋の腰高障子を開けた。そのたびに杢之助は、

「へえ、よろしゅうに。身寄りのねえ年寄りでございやす」

と、すり切れ畳の上で腰を浮かせ、年寄りじみた応対をしていた。訪問者のなかには、

「えっ、こんな年寄り？」

と、首をかしげる者もいた。うわさから敏捷《びんしょう》そうな男を想像していたのだろう。

「へえ、お見かけのとおりでやすが、朝晩の木戸の開け閉めと火の用心の夜まわりはとどこおりなくやりますので、ご安堵のほどを」

言われた住人はなおも首をかしげながら、そのまま向かいの日向亭に入る者もいた。日向亭の推挙があったと聞いており、翔右衛門に確かめに行ったのだろう。あ

とで女中から聞いたのだが、

「――私も驚いてますのじゃ。あれで敏捷なところがありましてなあ」

と、翔右衛門は応えているという。

杢之助は嘆息《ためいき》をつき、

(うわさだけならまだいいんだが)

と、やはり気になるのは仙左である。足技に気づいた翔右衛門よりさらに、杢之助に同類を感じ取っているのだ。仙左が大木戸向こうの武家屋敷、とくに薩州蔵屋敷にご執心《しゅうしん》なのも気になる。

三

待《ま》ち人《びと》が帰って来たのは、陽が西の山の端にかかるにはまだいくらか間のある時分だった。

番小屋の前で、

「おう、早《はえ》えじゃねえか。さては、いい客にありつけたな」

「図星よ。大木戸から品川帰《げえ》りの旦那に乗ってもらってよ」

「そのあともなぜか大店《おおだな》の旦那ばかりから声がかかってよ。いい日だったぜ」

立ち話のかたちで権十と助八は言う。お客から酒手《さかて》をけっこうはずんでもらったのだろう。

「あっ、そうだ。木戸番さん」

と、不意に権十が思い出したように言った。

助八がつないだ。

「そうそう。大木戸の広小路で客待ちをしていたときだった。けっこう暇もあったからなあ」

と、いい日とは、一日走りづめではなく客待ちの時間も多く存分に休憩でき、声をかけられたのが気前のいい客ばかりだったときのことのようだ。

権十が言う。

「二本松の若《わけ》えのが、竹籠しょって馬糞拾いをしててなあ」

「それがこのめえ此処《ここ》で、まさに此処だぜ」

助八が地を手で示し、

「坂上の細兵衛旦那に荒稼ぎを仕掛けようとした三人奴《さんにんやっこ》の一人でよ」

「えっ」

李之助は小さく声を上げた。

丸顔の助八は話す。

「ほかの二人も、おなじ仕事をしているのさ。ま、感心といやあ感心だが」

「俺たちの顔を見ると、不満たらたらさ。つい本音が出るのだろうよ」

角顔の権十が言う。

きのう仙左に連れられ、門前町へ謝りに来たあの三人組である。

李之助は即座に察した。それこそ宗旨《しゅうし》替《が》えである。仙左に言われ、遊び人稼業から牛糞や馬糞拾いに転じたのだろう。それにしても、三人の若い者にそれをさせるとは、門前町に迷惑はかけず、賭場の開帳もひっこめたのは、どうやら信じていいようだ。

(仙左め、なかなかやるじゃねえか)

内心、思い、

「まだ陽もあることだし、休んでいきねえ」

開けたままの腰高障子を手で示した。

座を番小屋に移すと、日向亭の女中が、

「あらあら、お二人とも。きょうはどうしたんですか。日向亭《うち》の縁台に寄らず直接木戸番小屋に入りなさるとは」

言いながら運んで来た盆をすり切れ畳の上に置いた。急須に湯呑みが三つ載っている。門前通りの入り口とあってか、日向亭と木戸番小屋と駕籠溜りは、気分的にも一体となっているようだ。

「こりゃあすまねえ」

「あとで盆を返しに行かあ」

権十と助八は腰高障子を外から閉める女中を見送り、

「聞いて来たぜ。嘉助《かすけ》め、よくぺらぺらと話してくれたぜ」

「話さずにはいられなかったんだろうよ」

嘉助というのは、仙左の手足になっている三人組の一人だ。十七歳というから、なるほど杢之助から見ればひよっこであろう。

権十と助八の話によれば、大木戸の広小路で客待ちをしていると、嘉助が竹籠を背に挟み棒を持ち、広小路に来て乾いた馬糞や牛糞を拾いはじめた。

「――おう、嘉助じゃねえか。おめえ、ずいぶんと宗旨替えしやがったなあ」

からかうように権十が声をかけた。

嘉助たちにすれば、駕籠舁きに悪戯《わるさ》をした覚えはない。むしろ着物を尻端折に頬かぶりのいま、似たような権十たちに親近感を感じている。

嘉助は、

「――おう、これは門前町のお人ら。ここで客待ちですかい」

と、そばへ寄って来た。言葉遣いは仙左の影響か、長幼の礼はとっている。権十と助八は三十がらみなのだ。

角顔の権十が、

「――寄って来《く》るねえ。臭《にお》うじゃねえか」

「――なに言ってんですかい。天下の往来が、そうならねえようにしてんですぜ」

もっともな嘉助の言いように、丸顔の助八が、

「――そのとおりだ。以前のおめえらから見りゃあ、まっこと感心するぜ。丑蔵さんか仙左に言われたかい」

「――仙左の兄イからだ。まったくあの兄イときた日にゃ、自分の以前は棚に上げてよ」

やはり嘉助は不満のようだ。権十と助八が、二本松とは係り合いのない人間だからであろう。はばかることなく露骨に嫌な顔を見せた。

権十がまた言った。

「──やっぱ、嫌な仕事は嫌らしいなあ。まあ、みっともいい稼業じゃねえからなあ」

「──権《ごん》、それはねえぜ」

助八が権十をたしなめ、

「──それより嘉助どん、さっきおめえ、仙左を〝自分の以前は棚に上げて〟なんて言ったなあ。あの野郎に、どんな以前があるんだい」

「──おっ、それ、それ」

権十が小さく声を入れた。杢之助に頼まれていた、仙左に関する聞き込みに、助八がうまく話を持っていったのだ。

嘉助はいま、兄イの仙左に〝嫌な仕事〟をさせられ、腐っているところだ。ひとたび語りはじめれば、いままで言えなかったことまで話しはじめた。

「──船から落ちたなどと言っているが、怪しいもんだ」

「──怪しい？　どう怪しい」

と、権十。

「──兄イは船盗《ふなぬす》っ人《と》で、遁走《とんずら》こくのに海へ飛び込んだのかも知れねえ。それが証拠に水手《かこ》をやってたなどと言ってるが、なんという船でどこの廻船問屋だったかも一切言わねえ」

それは権十も助八も知っている。丑蔵にも船の名や廻船問屋の名を言っていないのだ。仙左の得体の知れないことは、そこから来ている。

船盗っ人にはいろいろな種類がある。小はコソ泥が水手になって船に乗り組み、手ごろな船荷があればかすめるか、乗り組んでいる船長《ふなおさ》や梶取《かんどり》の私物で金目のものがあれば盗み取り、船が湊《みなと》に近づいたところで海に飛び込んで遁走《とんずら》を謀《はか》る。陸《おか》で商家や武家に盗み目的で奉公人になって入り込み、金目のものを盗んで行方をくらますのと手口が似ている。船盗っ人をやる者は、陸でそうした盗みを働き、海に逃げた者もいると聞く。

もう一つは盗賊団の一味で、手引きとして船に乗り組み、船荷を調べて湊に近づくと仲間と連絡《つなぎ》を取り、夜に停泊している船から、目串《めぐし》を刺していた荷をごっそり持ち出す、大胆でやっかいな泥棒である。

仙左が一匹狼の盗っ人なら、船が湊に近づいたのが夜で、遁走の間合いを誤って潮に流され、命からがら袖ケ浦で車町の海岸に流れ着いたと推測できる。

権十と助八の話を聞きながら、杢之助はさらに推測を進めた。

（薩摩に随分とご執心だったが、陸での悪事の末、海に逃げ込んだのが薩摩の船だったのかも知れねえ。盗んだ品も薩摩の侍の物で、それがけっこうな品で、琉球《りゅうきゅう》と交易のある薩摩なら、……窩主買《けいずがい》（故買屋《こばいや》）も手を出しそうにない、ご禁制の品かも知れねえ）

　だとしたら、話は複雑になる。

（それを仙左はどうしようとしてやがる？）

　もっともその疑問が成り立つのは、お宝への推測が当たっていた場合のことだ。その手掛かりまで聞き出すのは、権十や助八では荷が重い。

「で、仙左が使嗾《しそう》してたのは三人だったが、あとの二人も街道でそうした感心な仕事をしてるのかい」

　と、杢之助は話題を変えた。

　あとの二人は耕助《こうすけ》と蓑助《みのすけ》といい、十六歳と十五歳のひよっこだという。嘉助が十七歳で、歳のつながっているのがおもしろい。

「ああ、耕助と蓑助も、街道で見かけたぜ。竹籠を背負い、挟み棒を器用に動かしてやがった」

　権十がつづける。駕籠を担いで走っているとき、見かけたのだろう。

これなら問いやすい。参考になるかも知れない。

「二人一緒にかい。……どこで」

「糞拾いに二人つるんでってことはねえだろう。別々にさ。耕助はほれ、あの薩州蔵屋敷のまん前だった。一番ガキの蓑助は、ありゃあ……」

「近くの武家屋敷のならんでいるところだった。薩摩でも代々江戸勤番のお侍のご家族衆が暮らしてなさる」

助八がつけ加える。駕籠を担いでいるときだったから、目だけで挨拶を交わし、話はしなかったという。

聞けば、権十と助八が大木戸の広小路で不満顔の嘉助と話し込んだのは、ちょうど仙左がこの木戸番小屋に来て、杢之助と話し込んでいたころのようだ。

その時刻、嘉助は大木戸の広小路に出向き、耕助と蓑助は薩州蔵屋敷の近くで挟み棒を動かしていた。往還の清掃にもなり、武家地でそれは屋敷の中間《ちゅうげん》の仕事である。竹箒《たけぼうき》でも持って出て来れば、見知らぬあいだでも自然に言葉を交わすことになるだろう。三人の若い者がそうしたところに出張《でば》っているのは、仙左の差配のようだ。

その日の休憩がてら、木戸番小屋での話が一段落すると権十が、

「おっと、この盆、俺がお向かいさんに戻しておかあ」

「俺も一緒に行こうかい」

と、助八も一緒に腰を上げる。

外は陽が沈みかけている。二人とも日向亭の若い女中たちと言葉を交わしたいのだろう。


二人が駕籠溜りに引き揚げると、もう門前町の通りは火灯《ひとも》しごろで往来人の姿は途絶え、菓子屋の千種庵や仏具の鷹取屋などは、すでに暖簾を下げ、雨戸も閉めにかかっている。

障子窓の外は異なる。

品川宿を抜け、明るいうちに江戸府内へと大股《おおまた》で大木戸のほうへ急ぐ旅姿の人々や、逆に品川の色街へと大木戸を抜け、浮いた足を急がせるお店者《たなもの》や職人風の者もいる。駕籠を駆っているのは、大店《おおだな》のあるじだろうか。あとしばらくすればそれらの影も絶え、あたりは波の音ばかりとなる。

(これがこの木戸番小屋の夕刻の景色か)

と、二日目ともなれば、杢之助はすっかりその営《いとな》みに溶け込んでいる。

（なるほど）

思えてくる。

この門前町の坂道のいずれかに常設の賭場が立てば、路地裏にはもぐりの鉄火質《てつかびち》がそっと暖簾を出し、女郎屋まがいの酌婦を置いた飲み屋が秘かに軒提灯を出すかも知れない。

そうすれば、いま街道を急ぎ足でながれている人影の一部が、門前町の木戸を入り、坂道に歩を刻《きざ》むだろう。日常を崩される住人が嫌がるのは至極《しごく》当然で、門竹庵や日向亭、それに播磨屋、千種庵、鷹取屋などをはじめ、町の者の心配は一方《ひとかた》ならぬものがあったろう。

そこを杢之助は、町にわらじを脱ぐなりさっさと解決してしまったのだ。町の旦那衆がつぎつぎと小僧に手土産を持たせ、その木戸番人の顔を見に来るのも不思議ではない。

外はすっかり暗くなり、街道に面した障子窓は窓板《まどいた》を下ろし、部屋には鷹取屋が持って来たろうそくが灯っている。

（町の難儀は当面免《まぬが》れることになったが、張本人の仙左はまだ動いてやがる）

しばし考えた。

（よし、儂のほうから車町に出向き、誘い水を向けてみよう。そのほうが、ヤツも早く本性を見せてくれるかも知れねえ）

意を固めたのは、きょう二度目の夜まわりから戻り、潮の音とともに泉岳寺の打つ夜四ツ（およそ午後十時）の鐘を聞いたときだった。

四

「おぉう、おう。きょうもだぜ」

日の出まえにきょう最初に聞かれたのは、豆腐屋の声だった。

つづいてしじみ売りが、

「ありがてえ。日の出めえに開くのは、こりゃあもう本物だ」

朝の棒手振は、日の出まえから商いができれば、それだけ多くまわれる。いずれの声も弾んでいた。

「おうおう、稼いで行きなせえ」

杢之助もそれらに声をかける。日の出まえから木戸に動きがあり、街道にも人の動きが見られ、日向亭の雨戸が開き縁台が外に出される。駕籠溜りからはそれぞれがきょうの客待ちの場に散って行く。

それがやがて泉岳寺門前町の朝の風景になることだろう。

前棒《まえぼう》の権十が担ぎ棒を肩に載せたまま、

「木戸番さん、きょうは品川へちょいと足を延ばし、朝帰《あさげえ》りの客を拾ってくらあ」

「おおう、そりゃあ精が出るねえ」

杢之助が腰高障子を開け、顔を出すと後棒《あとぼう》の助八が、

「拾うのは江戸府内に帰《けえ》りなさるお客だ。大木戸も薩摩さまの前《めえ》も通るからよ」

また聞き込みを入れておこうと言っているのだ。

「ほう、頼まあよ」

杢之助は返し、

「おっと」

街道へ出た駕籠を追った。

二人は足踏みで調子を取りながら、

「どうしたい」

「用があるんなら早《はよ》う」

朝は誰でも気分が急《せ》くのだろう。前棒と後棒が同時に言う。駕籠が足踏みの調子

に合わせて揺れている。

　杢之助も早口で、

「きょう、儂のほうから仙左に、賭場の開帳をほんとうに諦《あきら》めたのかどうか、確かめに行ってみようと思うのだ。浪打の、いつも二本松にいるのかい」

　聞き込みを頼んでおいて、黙って直接自分で出向いたのでは二人に悪いと思ったのだ。

「えっ、木戸番さんが二本松へ？　そりゃあいいや」

「やっこさんは遊び人だ。朝の内なら二本松でとぐろを巻いてらあ」

　言うと二人は調子をとっていた足を前に進めた。

（これで儂が二本松に行っても、誰も秘密めいた不自然さなど感じないだろう）

　思いながら木戸番小屋に戻り、ひと息入れてからまた外に出て、

「ちょいと大木戸の近くまで、ぶらっと歩いてみようと思うてな」

　向かいの日向亭にひと声入れた。

「あらぁ、ごゆっくり」

　縁台の茶汲み女をしている女中が、愛想よく応える。これまで木戸番小屋に人が不在のあいだ、日向亭の男衆《おとこし》が木戸を開け閉めし、住み込みの若い女中たちも手

伝っていた。日の出を迎えてもまだ開けておらず、街道から棒手振たちに大声で催促されることもあった。そこへ杢之助が入り、日の出まえには開けるようになったのだから、まわりすべてが大助かりだ。それがあるじ翔右衛門の肝煎りでもあることから、女中たちの杢之助への評判はよかった。

木戸番人の仕事は朝晩の木戸の開け閉めと、火の用心の夜まわりが中心だが、他所から町へ来た人への道案内もする。それを女中たちに頼んだのだが、いつも縁台に出ておれば、お安いご用である。

杢之助はそれら女中たちに見送られ、街道に出た。灰色じみた股引《ももひき》に地味な縦縞《たてじま》の着物を尻端折にし、白足袋に下駄をつっかけ手拭いで頰かぶりをし、しょぼくれたようすでいくらか前かがみに歩を踏む姿は、昼間で拍子木や提灯を持っていなくても、いずれかの木戸番人と分かる。

木戸を出れば、そこがもう車町だ。

街道であれば人の往来も多く、かえって下駄に音の立たないのを気にしなくてすむ。いずれもが目的を持って歩いており、他人の足元に気を遣《つか》う者などいない。

目印の二本松は街道からも見える。それを見ながら枝道に入った。荷運び屋の集まった、牛をよく見かける、いかにも働く者たちの町という印象を受ける。さすがに一家の若い衆が竹籠を背負っていつも歩いているため、街道もそうだが路上に牛や馬の糞を見かけることもない。地味ななかに他の町よりも清潔さを感じる。丑蔵が一家を立ち上げるまえは、町じゅうに牛糞や馬糞のにおいがただよい、道を歩くにも足元に常に気をつけていなければならなかっただろう。

そこからも丑蔵の、この町での評判は分かる。だが前身が、街道に倒れていた溢《あぶ》れ者《もの》だったということで、町役にはなっていないようだ。

一家のねぐらはすぐに分かった。なるほど二本松を柱に掘っ立て小屋を建てていた名残《なご》りか、玄関口というより家屋の出入り口に、いまも二本松が立っている。見てすぐに見当がついた。賭場の出入り口は別になっている。一家の身内の者はともかく、賭場だけに出入りする者に、質素とはいえ母屋の出入り口を丑蔵が使わせるはずはないだろう。

丑蔵への挨拶はつぎの機会にし、裏手にまわった。となり町の木戸番人が町役を通さず丑蔵に挨拶を入れたのでは、かえって不自然だろう。それに事が大げさにもなる。

板塀に板戸の勝手口がある。来る者は自儘《じまま》に出入りしているのか、押したら容易に開く徳利門《とつくりもん》になっていた。内側に紐《ひも》で徳利をぶら下げ、戸を開ければ徳利の重《おも》さで自然に閉まる仕掛けだ。

勝手口をくぐると、手入れされていない雑然とした庭があり、その奥に付け足したような部屋の出入り口がある。

（ここだな）

思い、頬かぶりを取り、

「仙左どん。ここだと聞いたが、いなさるかい。門前町の番太だ。ちょいと顔見世に来たぜ」

訪《おとな》いの声に、

「えっ。門前町の番太？　杢之助さん⁉」

驚いたような太い声は、明らかに仙左だ。

目の前の板戸が音を立てた。

開けばそこが部屋になっている。土間もない取《と》っ付《つ》きの部屋で、板敷になっている。六畳くらいの広さはあろうか、真ん中に盆茣蓙を用意すれば、容易に六、七人が丁半を張れそうだ。

小さな文机《ふづくえ》を置き、仙左はなにやら幾枚もの紙片を広げ、算盤をはじいていた。一家の経理でもしていたのだろう。それらをかたづけ、

「さあ、上がってくんねえ。ここが昼間はあっしの部屋で、夜になりゃあ四隅にろうそくを焚《た》いてお遊びの場だ」

なんら悪びれることもなく手招きをするなど、杢之助をまったくお仲間と見なしての所作《しょさ》である。この賭場が仙左の部屋でもあり、一家で特別の待遇になっているのがうかがわれる。

杢之助は下駄を脱ぎ、

「儂《わし》ゃあ手慰みはやらねえが、どうもきのうのおめえさんの儂に対するようすが気になってな。それできょう、こうしておめえさんのねぐらを見させてもらいに来たって寸法よ」

言いながら手招きに従い、仙左に向かい合うかたちにあぐらを組んだ。仙左もあぐら居になっている。

「ありがてえ。ありがてえぜ、杢之助さん。あっしの意を汲んでくれなすったなんざ。ここに来なすったなら番太でも番太郎でもねえ。門前下《もんぜんした》の杢之助さんだ。そう呼ばせてもらいやすぜ」

口先だけではない。全身に喜びをあらわしている。とっさに〝門前下の〟などとみょうな二つ名をつけたのも、そのあらわれであろう。すなわち、すでに同類と見なしている……。

「で、杢之助さん。あっしの意を、どのように汲んでくだすったので？」

仙左が上体を前にかたむけて言ったのへ杢之助が、

「そのことよ。おめえさん、来し方《こかた》が儂と似ているような気がしてよ」

このあとさらにつづけようとしたところへ、部屋のもう片方の板戸が建て付けの悪そうな音を立て、

「こんな朝っぱらから賭場に人の声がと思うたら、おめえのお客人かい」

と、大柄で恰幅《かっぷく》のいい男がそこに立った。

「これは、お貸元」

仙左が言わなくても、杢之助はそれが二本松の丑蔵であることを解し、とっさに居住まいを正し、あぐらの足を端座に組み替え、

「これは二本松の親方さんでございやすね。儂ゃあ、こたび門前町の木戸番小屋に入《へえ》りやした番太でごぜえやす。車町といやあ町内もおなじ……」

「ほう、おめえさんが鳴り物入りで番小屋に入《へえ》りなすったという、ほれ、その、杢之助さんかい。話は日向亭さんから聞いてらあ」

〝鳴り物入り〟などと、杢之助はハッとした。しかも日向亭翔右衛門から聞いたと

いう。翔右衛門は李之助の足技を見抜いている。おそらくそれも聞かされているだろう。だから丑蔵は〝ほう〟などと、感嘆に近い声を洩らしたのだろう。

李之助は端座のまま顔の前で手の平をひらひらと振り、

「そんな〝鳴り物入り〟などと。見てのとおり老いた浮き草稼業の宿無しでございまさあ」

丑蔵は返した。体形に合った野太い声だ。そこは仙左と似ている。

「まあ、それはともかく。で、きょうここに来なすったのは、仙左の件ですかい。いやあ、仙左がこれまで門前町さんにゃさんざん迷惑をかけて、わしも困っておったのじゃ。それもあんたのおかげらしい。もう悪戯《わるさ》はしねえ、と。それの念を押しに来なすったかね」

板敷に立ったまま言う。腰を据え、じっくり三人で話す気はなさそうだが、李之助には興味を持ったようだった。

「おめえさん、並みの番太じゃのうて、端《はな》から日向亭さんや門竹庵さんに信頼されているようだが。まあ、信用してやってくんねえ。門前町に手を出さねえってのは、仙左がてめえから言い出したことだからよ」

「そういうことだ。嘘偽《うそいつわ》りはござんせん」

丑蔵の言葉に、仙左が得たりとばかりに応えた。立っている丑蔵に対しあぐら居のままだが、意識的に背筋を伸ばしている。

「ま、そういうことだ。わしもいままで見て見ぬふりをしてきたわけじゃねえが、これからはもうわしがそうさせねえ。坂下の木戸番小屋におめえさんが入り、日向亭さんや門竹庵さんもその気になられたんなら、もう心配《しんぺえ》することもあるめえ。腰の定まらねえガキどもを拾って持て余していたが、あいつらもようやく二本松の家業《ここ》につくようになったからひと安心だ。もっともあの三人の差配は仙左に委《ゆだ》ねておるがなあ」

「お任せくだせえ。やつら、きょうも早《はよ》うから竹籠を背負わせ、街道に出しておりやすので」

嘉助と耕助、蓑助のことだ。座の話は杢之助が来ていたのを機に、門前町での悪戯の件となった。それも丑蔵と仙左のやりとりが中心だ。ならばおなじ屋根の下の者同士のやりとりで、わざわざ差し向かいに座り込むこともないはずだ。

丑蔵は立ったままつづける。

「まったく不思議なことじゃ。おめえのひとことであやつら、なんでああもしおらしくなりやがった」

「へへ、お貸元。やつらはやつらで、けっこう従順ですぜ」

「そうか。まあ、あの三人はおめえに任せておこう。それに仙左よ、おめえ、わしを貸元などと呼ぶんじゃねえぜ」

丑蔵は言うと杢之助に視線をなおし、

「あやつら、おめえさんにゃ一目置いているようだ。あんな番太が入《へえ》ったんじゃなあ、と。おめえさんも、やつらが性根《しょうね》を入れ替える原因の一つになったようじゃ。それを確かめにおめえさんが来なすったのは、わしらにとってもよかったぜ。門前町に帰《けえ》ったら、日向亭さんと門竹庵さん、それに播磨屋さんや千種庵さん、鷹取屋さんらにも言っておいてくんねえ。もう迷惑はかけさせねえって」

丑蔵もこれまで手を焼いていたようだ。

ふたたび仙左に視線を向け、

「ともかくだ、約束を違《たが》えるんじゃねえぜ。さあ、今月の帳簿、早いとこ仕上げろ。それができるの、おめえしかいねえんだから」

言うと踵《きびす》を返した。

「それじゃ儂も退散させてもらいまさあ。向後《こうご》のこと、いいほうに確認できて、来た甲斐《かい》がありやした」

丑蔵の背に言いながら杢之助は、端座から腰を上げた。

丑蔵はふり返ってうなずき、部屋を出た。

杢之助も、

「じゃましたなあ」

と、入って来た板戸から外に出て下駄をつっかけた。

「おっ、おおう、木戸番さん」

仙左が慌てたように腰を上げ、杢之助のあとを追って外に出た。

無理もない。仙左にしてはわざわざ杢之助が訪ねて来たことに、自分の秘かな思惑に手応えを得たのだ。そこへ丑蔵が出て来て、話が逸《そ》れてしまった。

杢之助も内心、同様だった。仙左の企みが那辺《なへん》にあるか探りに来たのだ。ところが丑蔵の出現で、来た目的が仙左の変貌の確認にと変えられてしまった。目的を果たせないまま腰を上げたのは、

(急ぐ理由はない。きょうはその解釈に合わせておけば、丑蔵に訝《いぶか》られず、そのほうが向後なにかと便利になろうて)

と、解釈したからだった。

それでも仙左の二本松一家での立ち位置が垣間見《かいまみ》られたのは、予期《よき》せぬ収穫だっ

た。だが仙左にすれば、物足りない。

　果たして追いかけて来た仙左は言った。

「話、まだ終わっちゃいねえぜ」

　杢之助は足を止め、

「なあに、きょうはこのくれえにしておきゃあ、これから儂とおめえさんがどこで額を寄せ合っても、誰も怪しむめえよ」

「うっ、なるほど」

　仙左も解したようだ。

　立ち話のかたちで、杢之助はさらに言った。

「おめえさん、さっきあの若え三人《わけ》を差配していると言ってたが、まあ、よかったじゃねえかい。人に喜ばれる仕事をしながらも、おめえの配下のままでよ。で、きょうも三人を薩州蔵屋敷のほうに出したかい」

「おっ、杢之助さん。なんでそれを……」

「ふふふ、駕籠溜りで聞いたぜ。おめえ、薩摩さまになにやらご執心《しゅうしん》のようだなあ。儂も興味あるぜ。そのうちな」

　足を動かそうとする杢之助に、

「あ、待っておくんなせえ」

「ははは。このさき、まだ長《なげ》えぜ。話の内容はたぶん、丑蔵さんに首をかしげさせるようなことがあっちゃまずいんじゃねえのかい」

李之助は音のない下駄の歩を踏みながら、〝窩主買も手を出しそうにない、ご禁制のお宝〟で、藩にも係り合いのありそうなことに、確信を深めた。だが、それがなにかは想像もつかない。

「李之助さん……」

仙左は低く声に出し、追おうとしていた足を止めた。あとは無言で、李之助の背が角を曲がってからも、しばしその方向へ視線を向けていた。

李之助が訪ねて来た目的を果たさないまま、みずから切り上げるように板敷の部屋を出たのも、言われてみればこのさきを見据えての、的確な判断だったかも知れない。仙左はそれを思い、板敷の部屋へ戻ってからも、

「李之助さん、あんた……」

ふたたび低声《こごえ》を洩らし、胸に李之助への畏敬《いけい》の念が込み上げてくるのを覚えた。もちろんそれは、蛇の道は蛇の範疇《はんちゅう》でのものだが、さきほど板塀の外にまで出て李之助の背を見送ったとき、仙左の意は決していた。

（この危ねえ大仕事、長幼の礼をとって、是非杢之助さんを頭《かしら》に）

五

仙左が、日本中にくまなく航路を持つ弁才船《べざいせん》に、水手《かこ》として乗り組むというより潜《もぐ》り込んだのは、袖ケ浦の浜に泳ぎ着いた半年まえよりさらに半年まえで、いまからおよそ一年まえのことになる。

江戸で無宿渡世人だった仙左は、香具師《やし》の元締《もとじめ》に不義理をし、命まで狙われる破目に陥《おち》り、東海道に出て胡麻《ごま》の蝿《はえ》や置き引きなどをやらかしながら京に上り、さらに商都で活気のある摂津《せっつ》（大坂《おおさか》）に身を置いた。

摂津でもむろん無宿渡世だった。才覚があったのか、ガキの浮浪者を数人集めて〝仙の兄イ〟と呼ばれ、それらを使嗾《しそう》し置き引きや空き巣狙いの盗《ぬす》っ人《と》をもっぱらとした。

ある日ガキ数人を仕込み、裕福そうな商家のあるじに荒稼ぎを仕掛けた。うまく行った。労せずしてけっこうなお宝を手にすることができた。

摂津は広く、場所を変えながら繰り返した。

あるとき恰幅のいい旦那に仕掛けた。気がつかなかったが、旦那の周囲には若い衆が数人、身辺を固めていた。一人が捕まった。仙左は残った者を率い、逃げのびた。抜き取った紙入れを開いて驚いた。小判数枚に書状が一枚、やくざ一家の縄張の策定《さくてい》に同意する起請文《きしょうもん》だった。こんなのが他に洩れれば、やくざ者たちの均衡が崩れ、町のあちこちに血の雨が降る内容だった。

荒稼ぎの一味で読み書きのできるのは、差配の仙左ひとりだった。仙左は配下の者が動揺しないように内容は伏せ、書状を破り捨てた。

翌日、淀川《よどがわ》にきのう捕まった仲間の死体が浮かんだ。驚愕した仙左は一味を解散し、それぞれどこでもいいから身を隠せと告げ、ねぐらにしていた無人の荒れ寺も引き払った。

しかしつぎつぎと、仙左の使嗾していた若い者が、相当痛めつけられたようすでホトケとなってあっちの空き地、こっちの路地裏にと打ち捨てられ、西と東の町奉行所の役人はそこに翻弄《ほんろう》された。

誰が殺《や》っているか仙左には分かったが、奉行所は一人も挙《あ》げられなかった。震え上がった。配下の死を悼《いた》む余裕もなく、ただ書状を破り捨ててしまったことを悔いた。やくざ一家の者はそれを找《さが》しているのだろうが、いまさら名乗り出て済むものではない。その内容を見てしまっているのだ。

ともかく逃げる。街道は西も東も危険だ。湊《みなと》に近い口入屋《くちいれや》に駆け込み、何軒目かでようやくいま停泊している弁才船が、ひと航海切りの水手《かこ》を募《つの》っているのに出合った。千石船《せんごくぶね》と呼ばれる弁才船で、いずれの湊に行っても、千石積みでその一本柱に大きな一枚帆の船影は見られた。そのなかの一隻だった。

水手は船上と湊での力仕事が中心になる。船は数日切《すうじつぎ》りの力仕事を雇うのに、うるさいことは言わない。

おかげで仙左は、海に安全な場を得ることができた。船が湊を出て摂津を離れたとき、心底《しんそこ》からホッとしたものである。

数日をかけ、瀬戸内海の島々で各種の産物を積み込む航海だった。

船では新参の仙左を使ってみると、読み書きもできれば算盤もはじく。島々の桟橋に停泊し、荷の積み卸しの頻繁な船では、実に重宝な存在だった。力仕事から、積荷の管理をする荷物賄方《にもつまかないがた》にまわされ、ひと航海切りの約定《やくじょう》も棚上《たなあ》げされ、その船の専属のようになった。

ありがたかった。浪速丸《なにわまる》といって摂津の廻船問屋の持ち船だった。

船乗り稼業もやってみて、二月《ふたつき》か三月《みつき》もすれば慣れて余裕が出てくる。そうなれば波間に身を任せ、余計なことも考えるようになる。

(陸《おか》の盗賊と結託し、船が湊に入ったとき手引きをすれば……)

幾度か頭の中でその場面をこしらえてみた。

陸の人数がそろって統制が取れていたなら、

(こいつぁ、うまく行きそうだぜ)

手にするお宝も、空き巣や胡麻の蠅など比べものにならないくらい多い。

船盗《ふなぬす》っ人《と》だ。

筋書きを組み立てるたびにニンマリするのではなく、逆に心ノ臓が緊張に高鳴った。同時に、陸での荒稼ぎで返り討ちに遭い、配下の若い者をつぎつぎと殺されたのを悼《いた》み、情況を把握してうまく逃がしてやれなかったことを猛烈に悔《く》いた。

思考はさらに進んだ。

(それほどに秘密を含んだ書状なら、危険はともなうがうまく持ちかければ、相応の金になったかも知れねえ)

と……。

浪速丸が乗組員ごと、期限切りで薩摩藩島津家に借り上げられることになった。

藩士やその家族、物資などの江戸との移動が多いときなど、船ごと借り上げられるのは、さほど珍しいことではない。

四国沖《しこくおき》や紀州《きしゅう》沖などを経て、薩摩と江戸のあいだを幾度か航海した。摂津に寄らず素通りし、いまだに自分を追っているかも知れない連中を思うとき、

（ざまあみろ）

満足感を覚えたものである。

同時に、浪速丸が相模湾《さがみわん》を過ぎ、品川沖から袖ケ浦に入ったとき、船が桟橋などの設備が整っている御用地に向かわず、高輪大木戸の先にある薩州蔵屋敷《さっしゅうくらやしき》に直接向かったのには驚いたものだった。

街道からは見えなかったが、海に面した蔵屋敷の裏側は頑丈な桟橋が設けられ、ちょっとした湊のようになっているのだ。

長く突き出た桟橋に降り立ったとき、

（さすが薩州さま！）

思ったものである。

蔵屋敷の隅に中間《ちゅうげん》部屋と並んで、船方衆の寝泊まりする長屋まであった。これが武家屋敷ではなく飲食の屋台でも出ておれば、どの湊町にもありそうな飲み屋街

の一角になりそうだった。

外出は許され、息抜きに裏門から町場に出た。そこは街道沿いの田町で芝《しば》の増《ぞう》上寺《じょうじ》にも比較的近く、江戸の町中《まちなか》そのものだった。蔵屋敷に出仕する高禄《こうろく》の藩士が蔵屋敷の近辺に屋敷を構えているのを見て、

（ほう。やはり薩州さま！）

思ったものである。蔵屋敷のある田町の一角が、まるで〝薩摩〟になっているのだ。これほどの藩なら弁才船の一隻や二隻、船方衆ごと借り上げても不思議はないだろう。

東海道へ出るまえは江戸暮らしの無宿者だったが、田町や高輪の方面には馴染みがなかった。

仲間とつるむことなく、一人で高輪大木戸を抜けて泉岳寺の前を過ぎ、品川まで探索としゃれこんだ。その短い道中で思ったのは、

（お江戸も上方《かみがた》も、てえした違《ちげ》えはねえなあ）

街道にも町場にも、若い溢《あぶ》れ者《もの》がうろついているのだ。自分もかつてはそうだった。三十路《みそじ》に近い仙左が摂津でそれらの幾人かを束《たば》ね、荒稼ぎなどを始めたのはそのときが初めてだった。それをうまく束ねられず死なせてしまった。袖ケ浦に沿っ

た海浜の街道に歩を拾いながら、ふたたび慙愧《ざんき》の念が込み上げてくる。いまも若い溢れ者が近くをふらついている。ちょいと声をかけたくなる。かけてどうするものでもない。ただそう思い、親近感を感じるのだった。

浪速丸が薩摩に向け、袖ケ浦の蔵屋敷を出た。

積荷だけでなく、勤番交替の藩士も幾人か乗った。船頭《ふながしら》が言うには、帰りも幾人かの藩士が乗り込むとのことだった。

弁才船は貨物専用の構造だから、船頭から水手まで、各地の産物など荷物の扱いには慣れており、荷の積み卸しや操船は効率よく迅速におこなうが、人の扱いには慣れていない。

狭い胴間《どうま》（甲板）をうろつかれるだけでも邪魔なのに、二本差しであればまさに迷惑で、とくに海が荒れた緊急のときなど危なくて仕方ない。それらが狭い船内で傍若無人《ぼうじゃくぶじん》にふるまう。陸とは異なる日常に、時化《しけ》に遭ったり小さな漁村で幾日も風待ちをしたりで苛立《いらだ》つうえに、藩が雇った船との意識もあるのだろう。

船が大きく揺れ、腰から背後に突き出ていた刀の鞘《さや》につまずいた水手に無礼者呼ばわりし、つい抜刀した藩士がいた。船頭がすっ飛んで来て平身低頭し、事無《ことな》きを得た。真相は藩士が刀の柄《つか》に手をかけたところ、船が大きく揺れ船べりにつかまろうとしてつい抜いてしまったのだ。軍船《いくさぶね》でもあるまいに、船内で刀を帯びるなど、危険極まりないことなのだ。

水手は仲間内にそっと言っていた。

「――危ねえことを教えるため、わざと引っかけてやったのよ」

仙左もそれを聞いて溜飲《りゅういん》を下げ、言ったものだった。

「――やつら、借り上げたからって、胴間まで領内になったと勘違いしてやがる」

抜刀しないまでも、藩士と船方との諍《いさか》いは、まだまだあったのだ。

浪速丸は薩摩の錦江湾《きんこうわん》で荷と藩士たちを降ろすと、すぐまた新たな荷とともに船出して江戸に向かった。新たな藩士も幾人か乗った。さすがに出航まえに、船頭は船方衆を胴間に集めて言った。

「――この航海で、薩摩さまとの款《かん》は切れる。くれぐれも粗相《そそう》のなきように」

胴間にホッとする空気がながれ、

「――時化の日によ、一人くれえ海に叩き込んでやりてえぜ」

などと聞かれた声に、

(――なにごとも起こらなきゃいいのだが)

仙左は思ったものだった。

船は土佐《とさ》でも紀州や駿州《すんしゅう》でも、小さな漁村に幾日も風待ちで帆を休めるほどで、時化どころか強風に波の騒ぐ日さえなかった。波風の起こらない航海がつづけば、かえって藩士らの横柄《おうへい》が鼻につく。

そのなかで、年配で他からは浮いた感じの藩士がいるのに気づいた。田舎《いなか》じみた横柄さがなく、話し口調に薩摩なまりもなく、むしろ江戸の旗本を思わせる雰囲気があった。浮いているのは、そのせいかも知れない。

聞けば代々江戸勤番で、それも田町の蔵屋敷だった。自己の屋敷はむろん藩からの拝領だが、仙左に一帯を〝薩摩〟のように思わせた屋敷の一つだった。たまたま短期に国おもて勤番になり、いまはその帰りで江戸が懐《なつ》かしいという。これがもし船の中ではなく江戸のいずれかだったなら、もともと二人になんの接点もなく、生じるのは反発か、すくなくとも親近感ではないだろう。佐伯太郎左衛門《さえきたろうざえもん》といい、五十がらみで蔵屋敷の勘定方組頭《かんじょうがたくみがしら》を務め、四百石を食《は》むという。

相模灘《さがみなだ》を過ぎ江戸湾に入ってから、浪速丸はこの航海で初めての時化に遭遇し、急速に湾内へ流され、またたくまに袖ケ浦となった。時化はつづき、藩士らはへっぴり腰で柱や船べりにしがみつき、

「――おい、大丈夫かあっ」

「――船頭！　梶取《かんどり》！　なんとかせいっ」

と、勝手なことを叫んでいる。

仙左は風雨のなかに、

（――荷は大丈夫か！）

胴間から船倉《ふなぐら》につづく羽目板《はめいた》をずらし、すき間をつくって梯子《はしご》を降りた。積荷のようすを見るためだが、船盗っ人の念が一瞬込み上げ、

（――こんなとき、荷のひと抱《かか》えも持ち出しゃあ……）

思ったのは事実だ。だが激しい揺れのなかに、それどころではなかった。

荷を重ねた奥に大小を帯び、なにやらふところに入りそうな房紐《ふさひも》のついた布袋《ぬのぶくろ》を包え込み、うずくまっている藩士を見つけた。

「――佐伯さま！　佐伯さまじゃござんせんかい」

江戸町人の伝法《でんぽう》な言葉を投げ、

「――こんなとこ、けえって危《あぶ》のうござんすぜ。さ、上へ！」

「――お、おう！」

救いを求める声とともに手を仙左のほうへ伸ばしたのは、蔵屋敷勘定方組頭の佐伯太郎左衛門だった。

「――さあ、こちらへ！」

佐伯太郎左衛門は仙左の差し伸べた腕につかまった。仙左はそれを梯子の下まで引きずり、雨の激しく降り込むなかを下から押し上げた。佐伯は右手だけで梯子をつかまえ、左手はなおもふところの房紐付き布袋を押さえ、押し上げるのにけっこう手こずった。

太郎左衛門は水びたしの胴間にへたりこみ、仙左はようやく首から上半身を胴間に出した。

胴間が大きくせり上がり、急激に下降した。太郎左衛門は胴間の板張りに叩きつけられるかたちになり、

「――うわーっ」

両手を板張りに突き、身を支えた。

つぎに襲ってきたのは、大きな横揺れだった。

膝から滑り落ちた房紐の布袋が水に流される。

「――あわわわわっ」

太郎左衛門は胴間に這《は》いつくばり、それをつかまえようとする。よほど大事なものと思われる。

胴間はかたむいている。太郎左衛門はどこにもつかまっていない。ただ逃げるように流される布袋をつかまえようとする。そのまま布袋を追って海へ。仙左はとっさに梯子を蹴って胴間に飛び出し、太郎左衛門の背を乗り越え、布袋をつかまえた。なにやら固い物を感じる。

揺れが逆になった。仙左は船べりに手をかけた。もう片方の手は布袋を握っている。

「──さわるなっ。わしのだぞうっ！」

仙左は、さっきとは逆方向にすべり落ちる太郎左衛門の声を聞いた。流されまいと船べりをつかんだ手に力を入れた。

「──うわっ」

仙左の声である。また船が逆揺れしたのだ。それに合わせて仙左の身は船べりの上に舞った。

瞬時、

「──それをーっ」

ふたたび波音のなかに、太郎左衛門の叫ぶ声を聞いた。このときすでに仙左の身は荒波の海面に向かっていた。

どのくらい漂《ただよ》ったか、気がついたら大きな板切れにつかまっていた。時化は収まっている。身が波に押し上げられるたびに海浜が見える。さいわい、沖に流されてはいなかった。

袋の房紐が、目方があるせいか離れず指にからまっていた。板切れにつかまっており、陸地というよりも海浜に近いこともあり、余裕があった。

（――いったい、なんなんだろう）

布袋の中身が気になる。あの切羽詰《せっぱつ》まったなかに、太郎左衛門は必死に叫び、取り返そうとしていた。

（――命より大事なものか）

そう言っても過言ではない。それにあの場面である。仙左と太郎左衛門のやり取りに気づいた者はいない。胴間に人影はあったが波音に水音に船のきしむ音に、すこし離れれば叫び声も聞こえなかった。

房紐は容易にほどけた。

板切れにつかまったまま、袋の中をまさぐった。

金属のような感触がある。

波間に揺れながら、用心深く取り出した。

「――これはっ」

思わずつかんだ手に力を入れた。

落とさぬよう、鄭重に袋に戻し、その房紐を自分の下帯《したおび》に結びつけた。

「――えれえもんだぜ、これは！」

それがすでに自分の物になった気になっている。

手のひらを開いたほどの寸法で、厚さは刀の峰《みね》の部分ほどはあろうか、手にずしりとくる金の延べ板だった。なにやら浮《う》かし彫《ぼ》りのようなものがあるが、海に漂いながらふたたび取り出して見るのは危険だ。不安定な板子一枚につかまっている。海水に手をすべらせ、落としたら万事休す、拾いようがない。

海水に浸《つ》かっているとはいえ、金無垢《きんむく》の延べ板である。小判の五、六枚。いや、十枚分はあろうか。決して狸《たぬき》の皮算用ではない。結んだ下帯に、あらためて重《おも》みを感じる。

昼間である。あとはもう板切れにつかまったまま、岸辺に向かって足で懸命に水を蹴った。

岸辺にたどりついた。浅瀬に、自分の足で立った。

見覚えがある。田町の薩州蔵屋敷から品川へ行くときに通った、車町の浜ではないか。

疲れている。歩けない。立っているのが精一杯だ。座り込めば、そのまま気を失いかねない。価値十両を超すお宝を、身につけているのだ。奪われてはならない。仙左は立ちつづけた。

異常に気づいた者がいた。

すぐに数人が駈け寄り、左右から支える。仙左は自分の足で歩こうとしたが、前に踏み出せない。人の肩につかまり、担ぎ込まれたのが、二本松一家だった。

半年ばかりまえの出来事だった。

六

二本松で介抱され、元気を取り戻した。

お宝は隠しとおせた。

親方の丑蔵をはじめ二本松に住みついている者たちには、時化《しけ》で弁才船から海に転落したことは話したが、いずれの船かは語らず、ましてその弁才船が薩摩藩に借り上げられていたなど、おくびにも出さなかった。それらは、隠し持ったお宝と直結しているのだ。

だが一方、田町の蔵屋敷に、なにか異変は起きていないか探りを入れた。探りといっても、二本松の若い者に訊いたり、田町界隈を歩いてみる程度だ。近辺を歩くのに、竹籠を背負って手拭いで頬かぶりをして顔を隠し、牛糞や馬糞を拾い集める稼業は好都合だった。難破した船はなく、死体が浜に漂着することもなかった。浪速丸はどうやら蔵屋敷に入ったようで、行方不明になったのは仙左一人のようだ。もし佐伯太郎左衛門まで海に落ちていたなら、田町一帯の海浜に蔵屋敷から探索の者が出るだろう。それが出ない。

(――なんでえ。俺の命なんざ、そんなもんかい)

仙左は腹を立てたが、お宝を思えば、

(――へん。それでいいんだぜ)

ただ、佐伯太郎左衛門のようすを知りたかった。金無垢の延べ板に追っ手が出るかどうか、それが気になるのだ。

仙左は黙々と、牛糞や馬糞拾いに精を出した。だが、蔵屋敷の中の動きは分からない。

丑蔵は目を細めた。読み書きができる上に、算盤もはじいた。街道で拾った食い詰め者とは違う。一家の経理を任せた。仙左はそれをよくこなした。一方で竹籠を背負い挟み棒を持ち、二本松の仕事もよくやり丑蔵を感心させた。

仙左は蔵屋敷の動きがつかめない。内部のようすをほんの少しは知っているが、ただそれだけである。いくら歩いても、蔵屋敷の外をなぞらえているに過ぎない。

（内部の者に、直接探りを入れねば）

思い、考えついたのが、荷運び人足の多い町での賭場の開帳である。賭場に武家屋敷の中間などがよく出入りすることは、江戸での長い無宿渡世で存分に見てきている。一家の若い者をうまく使い、準備を始めた。

賭場の開帳は、小博奕《こばくち》を打つ近辺の人足たちに評判がよかった。

だが、車町では田町から夜更けにふらりと来るには遠すぎた。薩州蔵屋敷の中間を呼び込むことはできなかった。加えて丑蔵が、賭場の開帳には端《はな》から渋面《じゅうめん》をこしらえていた。たまには手慰みをさせるのもいいだろうと許したのだが、それが評判を呼んで常設となれば話は違ってくる。

とはいっても、せっかくうまく行きかけた賭場を閉じるのはもったいない。その思考はすでに蔵屋敷探索の目的を逸脱《いつだつ》し、利を追っている。

その発想から目をつけたのが、となり町の泉岳寺門前町に賭場も岡場所もないことだった。町衆が受け入れさえすれば、人足の小博奕などではない、本格的な大金の動く賭場の開帳は可能だ。

その素地をつくるには、町の治安に関して、自分が町に比肩《ひけん》する者のいない顔役にならねばならない。そこで打ったのが、江戸での無宿渡世のなかに覚えた、巧みで粗《あら》っぽいあの手法だった。

そのためには手足になる者が必要だ。街道で行き倒れて二本松に拾われ、竹籠を背負っていた嘉助、耕助、蓑助の三人の若者たちだった。ほかにも竹籠を背負い挟み棒を持って街道に出ていた若者はいるが、仙左はこの三人に、自分とおなじにおいを嗅《か》いだのだ。三人は仙左の期待に応えた。

騒がせて鎮《しず》める、町の迷惑者を繰り返すなかに、仙左は嘉助らに摂津で自分の判断の甘さから死なせてしまった、あの者たちを重ねた。三人に、仙左の面倒見はよかった。三人とも丑蔵よりも仙左に心酔した。丑蔵にすれば困ったことだが、仙左はすでに二本松一家の運営に得難い人物になっている。となり町での行状に、見て見ぬふりを決めこんだ。

そこへ現れたのが、杢之助だったのだ。

仙左はやはり独特の嗅覚を持っていた。李之助からもおなじにおいを嗅ぎ取り、町衆に悪戯《わるさ》を仕掛ける稼業は幕引きとした。

李之助にも、人を見る目はあった。仙左に自分と似た境遇を感じたのだ。

その李之助が、さらに話をするため、二本松一家に仙左を訪ねた。部屋に丑蔵が顔を出し、李之助は仙左に嗅いだにおいの先を聞き出すことができなかった。

（なにかを企《たくら》んでやがる）

その感触だけを得て帰る李之助の背を仙左は見送り、賭場にしている板敷の部屋に戻った。

仕事の途中であった文机の前に座った。一家の経理のつづきどころではない。黙考した。

摂津での荒稼ぎで得た紙入れにあった書状……。それが使嗾していた若者たちを死なせる原因になった。その価値を掌握していたなら、持ち主への話の持って行きようによっては、命の危険をともなうものの、

（さらなる利を得られたかも知れない）

むざむざと若者たちを死なせることも、

（なかったはずだ）

いま手元にあるのは、紙切れなどではない。それ自体に数十両の価値がありそうな金無垢の延べ板である。

薩摩の武士が、命さえ危《あや》うかったあの時化のなかに、あくまでもこの延べ板にこだわった。

(金塊そのものの価値以上の価値が、この延べ板にあるのではないか)

仙左はなかば確信に近いものを持った。

佐伯太郎左衛門は生きている。価値を知るのは、太郎左衛門一人かも知れない。薩州蔵屋敷に探りを入れようとしているのは、その価値を知るためだった。

延べ板に彫られた奇妙な像も気になる。

(お女郎《じょろう》さんみてえに、手拭いをふわりとかぶった観音さまなんざ、見るのも拝むのも初めてだぜ)

賭場に使っている自分の部屋で、一人秘かにその延べ板を見つめるたびに思うのだった。板敷の一枚を外した床の下に、それは隠している。

摂津での失敗もある。原因は、無策だったからだ。

(慎重にやるなら、年《とし》の功《こう》も経験もある、軍師が必要かも知れねえ)

来《こ》し方《かた》の経験から得た思いである。

仙左の眼力から、杢之助がピタリとそこに当てはまった。その背を見送り、

(木戸番さん、あしたにもまた、こちらから伺いやすぜ)

思っているところへ、

「代貸、いやしたぜ。確かに、薩摩さまのすぐ近くに」

三人の中で一番の兄貴分になる嘉助が、息せき切って裏手の板敷の部屋に飛び込んで来たのだ。

「――田町の蔵屋敷の近くで、佐伯太郎左衛門という江戸勤番の屋敷はねえか確かめておけ。藩での禄《ろく》は四百石で勘定方組頭だってえから、相当な屋敷で奉公人も幾人かいるはずだ。見つかれば、その屋敷にここ半年ほどで変わったことはねえか、それも聞き込んでおけ」

と、三人に命じていたのだ。

むろん嘉助たちは仙左に心酔している。理由など説明する必要はない。

それが、きょう分かったのだ。

嘉助は板敷の部屋で、文机を挟んであぐら居に腰を据えた。

「蔵屋敷のすぐ近くでさあ。その佐伯さまたらいう四百石のご勤番侍のお屋敷は。その正門の前をながしていたら、中間が出て来てしきりに礼を言うもんで。こっち

の問いにも答えてくれやしてね」

　嘉助は言う。

「あるじの太郎左衛門さまは数年おきに国おもての薩摩へお帰りになり、半年めえにも出向いて藩御用達《ごようたし》の船でお帰りになったそうで。ただそれだけで、お屋敷に変わったことはなにもないそうで。え？　ご主人さまのお人柄ですかい。物腰やわらかく、奥方もそうで、女中も中間も、奉公人にはいい屋敷のようですぜ」

「よし、分かった。その屋敷のまわりで精出して、いい仕事をしろ」

　まだ午前《ひるまえ》である。

　仙左はふたたび嘉助を二本松一家の仕事に出し、

（へへ、木戸番さん。いやさ以前をお隠しになっている杢之助さん。あしたといわず、これからお伺いさせてもらいやすぜ）

　胸中につぶやき、板敷の羽目板を一枚はがした。

　金無垢の延べ板が布袋に収まっている。

　手に取り、腰を上げた。

　陽は袖ケ浦の空に、まだ高い。

窮余の策

一

お宝を潜《ひそ》ませたふところを手で押さえ、仙左は二本松一家の棲《す》み処《か》を出た。小ざっぱりとした着ながしに法被《はっぴ》を着込み、遊び人姿を扮《こしら》えている。

李之助を訪ねるのだ。

心ノ臓が高鳴ってくる。

だが、高揚感《こうようかん》のみで踏み出したのではない。

数歩、雪駄《せった》の音を立て止まった。

(あの木戸番さんだ。かえって用心が必要かも知れねえ)

思いをまとめると、足を高輪大木戸のほうへ向けた。泉岳寺門前町の木戸とは逆方向だ。

おりよく大木戸の広小路に蓑助《みのすけ》がいた。茶店の縁台で茶をすすっているのではない。江戸府内への入り口とあっては、荷運び人足がよく牛や馬を休ませている。それだけ落とす物も多い。乾いているのならそのまま挟み棒で背の竹籠に入れ、まだ新しく湿っておれば海浜の草むらのほうへ押しやり、数日後に乾いてから竹籠に入れて持ち帰る。それを毎日やるのだから、広小路周辺の茶店などは大助かりだ。それをいま蓑助はやっている。

「おう、一人かい。嘉助《かすけ》と耕助《こうすけ》はどこだ」

「あ、代貸さん」

仙左が声をかけると、蓑助は驚いたように顔を上げ、

「どこって、あの兄イたちゃ代貸さんに言われた通り、薩摩さまのほうをながしていまさあ」

頬かぶりのまま言う。

「そのことよ。聞き込みに成果があって、それをさっき嘉助が報《しら》せに戻って、またそのほうへ出向いたが、会わなかったかい」

「やはりそうでしたかい。あの兄イ、忙しそうに二度もここを通りやしたから。それがなにか」

「その報せがいい報せだったもんでな。きょうはもう仕事を休んで湯にでも行き、

泉岳寺門前の日向亭で甘《あめ》ぇ団子《だんご》でも喰いねえと思うてなあ。俺のおごりだ」

「えっ、いいんですかい」

「いいともよ。俺はちょいとあそこの木戸番さんに用事でなあ。それで俺が番小屋から出て来るまで、縁台でゆっくりしていてもらいてえのよ」

「ああ、それで日向亭でござんすかい。分かりやした。これからちょいと薩摩さまの近くまで、兄イたちを找《さが》しに行ってきまさあ」

「おう、そうしてくんねえ。丑蔵親方にゃ俺から話しておかあ」

「へえ、お願《ねげ》えしやす」

右と左に別れる仙左と蓑助の背に、すぐそばの茶店の茶汲み女が、話の一端が聞こえたか、

「あーら、お茶ならここで。二本松のお人から、お代を取ったりしませんよう」

声をかけた。

仙左がふり返り、

「ありがとうよ。また寄らせてもらわあ」

野太い声で返した。

この大木戸界隈で、人の嫌う牛や馬の落とし物を家々の燃料に変える二本松一家

の評判はよかった。一時期、三人が町中で悪戯（わるさ）をしていたのは門前町の狭い範囲に限られていて、それもすぐに仙左が出て来て実害はなかった。荒稼ぎも門竹庵細兵衛のときが初めてだった。あのときは仙左より杢之助のほうが早く出たから、思惑が外れたのだった。そのあとの始末がよかった。仙左が三人を連れ、町内を謝ってまわり、あとは頰かぶりに竹籠を背負い、町への貢献の仕事に戻ったのだ。

清掃のゆきとどいた街道では、なかば丑蔵に代わって若い衆を差配し、ときにはいまのように法被を着込んで遊び人姿になったり、ときには若い者と一緒に頰かぶりで竹籠を背負い、牛糞や馬糞拾いをしている仙左は、街道筋の茶汲み女たちに人気があった。貫禄があり、働き者の印象が強いのだ。これもなかなかの役者というほかない。

仙左は遊び人姿でゆっくりと街道のながれに歩を踏み、ふところのずしりと重いのを、着物の上から手でも確かめた。

(鋳《い》つぶして偽《にせ》小判でもつくりゃあ……二十枚はいくか。ぶるる、くわばら、くわばら)

ゆっくりとした歩を踏みながら、手とふところの感触を脳裡の思考につなぎ、実際に肩をぶるると震わせた。

時化《しけ》で海に放り出され、波間に漂っているときから、窩主買《けいずがい》（故買屋《こばいや》）に持ち込むことは、向後《こうご》の選択肢の一つとして脳裡に収めていた。

だが、

（――これほど得体の知れねえ品）

窩主買が手を出しかねるのは必至だ。それに一風変わったものなら、およそ窩主買から足のつくことを仙左は知っている。無為に無宿渡世の時代を過ごしてきたのではない。

ならば、

（――いずれかの彫金師《ちょうきんし》と組んで小判に……）

波間のときから、幾度も脳裡をよぎった。

なおさら危ない。露顕《ばれ》れば死罪は免れないばかりか、獄門台《ごくもんだい》に首をさらすことになろうか。それよりも、彫金師に話を持ちかけた段階で、御用の手がまわろうか。

いくつかの選択肢の末として、いま遊び人の仙左は、杢之助のいる泉岳寺門前町の木戸番小屋に向かっているのだ。

嘉助たち三人も呼んでいるが、田町の蔵屋敷のあたりから帰り、湯にも浸かってから来るだろうから、まだかなりさきになりそうだ。時を合わせるため自分もちょいと湯にと思ったが、いまふところには金無垢《きんむく》の観音さまが入っている。しばしといえど、身から離さなければならない。できない。足はすでに日向亭の前にさしかかっている。

(泉岳寺さんにお参りでもしておこうかい)

思い、街道から坂道に一歩足を入れたときだった。

背後から町駕籠の掛け声が聞こえ、仙左を追い越し、日向亭の前に駕籠尻を着けた。そこは木戸番小屋の前でもあり、先日仙左に使嗾《しそう》された三人が門竹庵細兵衛に荒稼ぎを仕掛けようとして、杢之助に遮《さえぎ》られた場所でもある。つい仙左は苦笑し、足を止めた。

駕籠舁《か》きはすぐそこの駕籠溜りの者ではなく、仙左の知らない顔だった。お供に用人《ようにん》らしい武士と紺看板《こんかんばん》に梵天帯《ぼんてんおび》の中間《ちゅうげん》が一人ついている。挟箱《はさみばこ》を担いでいないところをみると、草履取《ぞうりと》りだけについて来ているようだ。町駕籠の客は自前の権門《けんもん》駕籠を仕立てるほどではないにしろ、相応に身分のある武士と思われる。もし間違ってこんなのに荒稼ぎを仕掛けたなら、即座に無礼討ちにされるか腕の一本も斬り落とされるだろう。その光景が脳裡をめぐり、仙左は思わず肩をすぼめ、足を止めたのだ。

中間が片膝《かたひざ》をついて草履を差し出し、そこへ降り立ったのは、果たして年配の武士だった。その顔をチラと見て仙左は仰天した。駕籠が坂道への入り口で、仙左を追い越してから停まったのはさいわいだった。駕籠は仙左の視界のなかで、うしろ姿からでも、それが誰であるか分かった。だが武士から仙左は背後であり、その存在すら意識の外である。

武士はなんと、薩州蔵屋敷の勘定方組頭、佐伯太郎左衛門ではないか。かつての浅野家《あさのけ》や赤穂藩《あこうはん》と係り合いのない武士でも、事《こと》の成就《じようじゆ》の立願《りつがん》に来るのは珍しいことではない。

仙左はとっさに日向亭の柱の陰に身を隠し、見つめた。時化ではなく平時であれば、柔和で優《やさ》しそうな面立《おもだ》ちである。

聞こえる。

用人の声だ。駕籠舁きと中間に言っている。

「さあ、ここでおまえたちはしばし待て。そこな縁台で待つも苦しからず。酒手《さかて》ははずむゆえ」

「ははーっ」

「おありがとうごぜえやす」

駕籠舁き二人は片膝を地についた。用人は坂道の勾配《こうばい》が急なことを知っており、駕籠を担ぐ者への思いやりを示したのだろう。

「左右太《そうた》はそのあいだ、近辺に例の件について聞き込みを入れておけ、そこの木戸番小屋などもな」

「へいっ」

中間は左右太という名のようだ。けっこう締まりのある面構《つらがま》えだ。主人から秘密めいた命令を受けるなど、相応の忠義者でもあるのだろう。

「さあ、殿《との》。参りましょうぞ」

「ふむ」

用人らしい武士が言ったのへ太郎左衛門はうなずき、山門のある坂上へ向かって歩を進めた。

「うーむ」

浪打の仙左はうなり、太郎左衛門を尾《つ》けるより、中間の左右太を注視した。自分とおなじ三十がらみである。

中間の左右太は腰を上げ、向かいの木戸番小屋に雪駄の足を進め、

「木戸番さん、いなさるかい」

腰高障子に訪《おとな》いを入れた。

駕籠舁き二人は坂上へ向かう佐伯太郎左衛門を見送りながら腰を上げ、用人が言ったように日向亭の縁台に腰を下ろした。

日向亭の女中が、

「どうぞごゆっくり。あら、あなた、二本松のお人。よければどうぞ」

駕籠舁きを客として迎えると同時に、仙左が来ているのに気づき、おなじ縁台を手で示した。与太三人を引き連れての詫《わ》びまわり以来、町のかれらに対する嫌悪感は安堵感に変わっている。

仙左は瞬時迷ったが、佐伯太郎左衛門の行く先は分かっている。泉岳寺になにやらを発願《ほつがん》し、駕籠を待たせてあることから、すぐ戻って来るのだろう。それよりも、木戸番小屋に訪いを入れた左右太という中間が気になる。すでに腰高障子が開き、左右太は敷居をまたいでいた。

（なにを訊きやがる。例の件？　なんなんでえ、それは）

思いながら、

「ああ、ありがとうよ」

駕籠舁き二人の横に腰を下ろした。

出された茶をひと口すすってから、

「あっしゃあ、この近くの者《もん》でやすが。おめえさんがた、どっから来なすった」

声をかけ、

「優しいお武家じゃねえかい。この坂下で降りて待たせてくれるなんざ」

「そう、そうなんだ。助かるぜ」

「最初、泉岳寺って聞いたときゃ、わっ、あの上り坂って、この急な坂が目に浮かんだぜ」

駕籠舁き二人は坂下で待たせてもらえたのが嬉しいのか、話に乗ってきた。

「最初って、あのお侍、どこで拾いなすった」

「拾ったんじゃねえ。お屋敷に呼ばれたのよ。薩摩さまの蔵屋敷がある田町さ」

「あの近辺、薩摩さまの勤番侍のお屋敷がけっこうあるからなあ」

駕籠舁き二人は交互に言う。

太郎左衛門は屋敷に町駕籠を呼んだようだ。

仙左は佐伯屋敷のことについては、訝《いぶか》られるような深追いはしなかった。屋敷は表面上なにごともないが、裏では艱難辛苦《かんなんしんく》を乗り越えた四十七士にあやかりたいような事態を抱えているのか。その内容を駕籠屋に訊くなど、無駄であろう。だが

念のため、

「お屋敷のお中間さんかい、さっきの。なんでまた、町の木戸番小屋なんぞに」

「そんなこと知るかい」

「なにやら旦那の用事みてえだったなあ」

駕籠舁き二人は言う。町のようすを訊く者への案内も、木戸番人の仕事である。中間が木戸番小屋の腰高障子に訪いを入れても、なんら不思議はない。なにを訊いたか、あとで訊けば分かる。それよりも、ここでもたもたしていて佐伯太郎左衛門が戻って来てはまずい。頬かぶりもしておらず竹籠も背負っていない。道端にうずくまって馬糞を見つめ、やりすごすこともできない。

「おう、俺もちょいと浪士のお方らにあやかってくらあ。もっとも俺にゃ、忠義を尽くす相手もねえがな」

腰を上げ、坂上に向かった。

「おう。縁があったらまたな」

前棒か後棒か分からないが、仙左の背に声を投げた。

「おう」

仙左は振り向かず、手だけ上げて応じ、坂の中ほどにあるそば屋の暖簾を、

「じゃまするぜ」

頭で分けた。

「いら、あ……。いらっしゃいまし」

店場《みせば》にいたおかみさんが遊び人姿の仙左を見て一瞬緊張し、すぐいつもの客を迎える声になった。板場から板前のおやじも顔をのぞかせた。

仙左もいくらか遠慮気味に、

「そんな顔しねえでくんねえ。ま、二本松《うち》の若え者《わけもん》も、いまじゃ町のお役に立たせてもらっているからよ」

言いながら、櫺子窓《れんじまど》のすき間から坂道の見える飯台《はんだい》に座を取った。

おなじ休み処《どころ》でも、菓子屋の千種庵なら、奥方《おくがた》への土産《みやげ》に塩饅頭《しおまんじゅう》でもと立ち寄らないとも限らない。千種庵の塩味で甘みを引き出した赤穂名物塩饅頭は、門竹庵の扇子と同様、江戸府内にも知られているのだ。

そば屋の客は仙左のほかに、参詣の帰りか商家のおかみさん風の四人連れが入っており、おしゃべりに興じている。

「葱《ねぎ》に海老《えび》の天婦羅《てんぷら》を一本入れてくんねえ。まあ急がねえから、ゆっくりやってくんな」

「へいっ。海老一丁、まいりやす」

おやじが板場から、店場のおしゃべりに負けないほどの声で返した。町の厄介者《やっかいもの》になっていた与太が一変したうわさは、坂道の門前町に強い印象を与えたようだ。もしその変化がなければ、茶店の縁台で駕籠舁きと親しく言葉を交わすことも、そば屋に入ってしばし通りを見張ることもできなかっただろう。

佐伯太郎左衛門の所用は、駕籠と中間を坂下に待たせているだけあって、本堂に上がり込むことなく、境内《けいだい》からの参詣だけだったようだ。帰りは早かった。一歩うしろに従う用人が千種庵の包みを持っている。やはり寄ったか、佐伯家の家族自体には乱れのないことが、そこからも推測できる。

佐伯家主従はそば屋の前を過ぎた。下り坂に足が速くなっている。主従の足腰は達者なようだ。

すこし間を置いてから、

「うまかったぜ。お代はここに置いとかあ」

「はい、またのお越しを」

おかみさんが愛想よく返した。

坂道に出ると、下の方に佐伯家主従のうしろ姿が小さく見える。武家主従だから離れていても、他の往来人と混同することはない。

日向亭の縁台にさきほどの駕籠が待っており、中間の左右太も戻ってきて坂上のほうを見ている。

仙左の視界のなかで駕籠はふたたび動き、街道に出ると高輪大木戸のほうへ曲がり、すぐに視界から消えた。

仙左は足を速めた。まだ陽は西の空に高いが、嘉助たちが湯上りで小ざっぱりしたようすで来るころだ。もちろん頬かぶりもしていなければ、竹籠も背負っていないだろう。来れば木戸番小屋に声を入れ、日向亭の縁台で甘い物でも頬張《ほおば》りはじめることだろう。

（さあ、これからが本番だぜ。思わぬ附録がついたが、こいつぁ幸先《さいさき》のいい証《あかし》かも知れねえ）

仙左は胸中で自分に言い聞かせ、ふところにあるずしりと重い物を確認するように手で押さえ、木戸番小屋に向かった。

二

腰高障子の前に立った。

「おう、入《へえ》んねえ」

中からの声に、

「えっ」

仙左は小さく驚きの声を上げ、腰高障子を引いた。

「やっぱりおめえさんだったかい」

「木戸番さん、あっしだとなんで分かりやしたので？　あ、分かった。さっき来た中間で、あっしを連想なすったかい」

「さっきの中間？　それをなんでおめえが知っている。見てたのかい」

杢之助は意味ありげに言う。

「へえ、それに近《ちけ》えことで。実は……」

仙左はうしろ手で腰高障子を閉め、すり切れ畳に腰を下ろし、杢之助のほうへ上体をねじった。

李之助は真剣な表情で、

「おめえ、朝方のことといい、なにか大事《でえじ》な話があって来たようだなあ。そこじゃ話しにくかろう。上がんねえ」

腰を奥のほうへ引き、畳に上がるよう手で示した。

「ほっ、いいんですかい。やっぱ、さっきの中間、なにか気になることを探りに来たようでやすね。実は木戸番さん……」

仙左は手招きに従い、すり切れ畳に上がり込んで李之助と向かい合うように足をあぐらに組み、あらためてここに至る経緯を話した。だが、嘉助ら三人の若い衆を呼んでいることは伏せた。話がまだそこまで進んでいないのだ。

幾度も相槌《あいづち》を打ちながら聞いていた李之助は、話が町駕籠にまで進み、その駕籠に乗っていたのが、佐伯太郎左衛門という薩州蔵屋敷の勤番侍だったことには、

「ほう。薩摩のお侍《さむれえ》なあ」

と、田町のあたりに係り合いがありそうなことには、得心したように返したものの、全体像がまだつかめていなかった。というより、李之助にはまだ雲をつかむような話だった。

さらに、仙左が話しながら、ふところの部分をしきりに押さえているのが気にな

った。

仙左は言う。

「それでここへなにやら探りに来た中間は、その佐伯屋敷の奉公人で左右太と申しやすが、いってえ何を訊いたんですかい」

「そうか。薩摩の勤番侍の屋敷の中間かい。この町に、窩主買《けいずがい》はいねえかってよ」

「えぇえ！」

仙左は驚くと同時に、得心したように声を上げた。

(件《くだん》の金無垢の延べ板が、市中にながれていないか、こんなとこにまで聞き込みを入れようとしていやがる)

とっさに判断したのだ。

同時に、これまで田町をはじめ府内を中心に探りを入れていたところ、一向に行方がつかめないものだから、

(大木戸の外にまで範囲を広げやがったかい)

と、そこまで脳裡をめぐらした。

だが杢之助には、事態はまだ霧の中である。

訊いた。

「おめえ、さっきからなにやら大事《でえじ》そうにふところを押さえてやがるが、そこに何が入《へえ》ってるんだい。刃物でもなさそうだが」

「こ、これは」

仙左はあぐら居のままさらにふところを押さえ、腰をうしろに引き、

「話せば長くなりやすが、まあ、聞いてくだせえ。あっしゃあ、よんどころねえ事情があって、摂津の船問屋の持ち船で……」

「おめえが船に乗っていたことは聞いて知ってるぜ。そこでなにかがあって〝浪打の〟ってえ二つ名までついたんだってなあ」

李之助は仙左が話しやすいように、誘い水を向けた。

仙左はそれに合わせた。

「そうなんで。波打ち際をふらついておりやしてね」

ようやく浪速丸が薩摩藩に借り上げられ、そこに佐伯太郎左衛門が乗っていたところまで話は進んだ。

話がこの一連のながれのなかで、最も肝心な箇所に入ったことを李之助は覚《さと》り、あぐら居のままひと膝まえにすり出た。

仙左は語る。

「浪速丸が相模灘を過ぎ、江戸に近づいたところで時化に遭いやして……」

金無垢の延べ板が佐伯太郎左衛門の手から自分の手に渡った経緯を詳しく、現場を再現するかのごとく語った。

死に物狂いの動きの話に、

「それで気がつきゃあ板切れにつかまっていて、なにやらずしりと重い布袋の房紐が指にからまっていた……と」

「へえ。九死に一生を得やした」

船盗《ふなぬす》っ人《と》ではない。

杢之助は信じた。

「それが袖ケ浦だったたあ、それも縁かも知れねえなあ」

「そのとおりで。おかげでこの木戸番小屋に入《へえ》りなすったばっかりの木戸番さん、いやさ杢之助さんと知り合えたのでやすから」

「それもあるが、おめえが〝浪打の〟などと変わった二つ名をとるようになったのも、二本松に拾われたからってことにならねえかい。ほかの不逞《ふてい》の輩《やから》に拾われていたなら、ずしりと重い房紐のついた布袋とともに、命も奪われていたかも知れねえなあ」

と、李之助はようやく話のながれを掌握し、いま仙左が大事そうにふところに抱え込んでいるのが、そのずしりと重い物であることも察して言った。

「それでおめえ、そのお宝をふところに佐伯太郎左衛門たらいう薩摩の江戸勤番侍に、なにを仕掛けようとしているのだい」

「へへ。李之助さんなら、もうお見通しじゃねえんですかい」

仙左は探るような視線を李之助に向けた。

李之助は、その品を確かめるまえに言った。

「そのお宝なあ。おめえの話じゃてめえのふところに入《へえ》ってから、すでに半年じゃねえのかい」

「へえ、さようで」

「ふふふ。おめえってやつは、度胸もさりながら、慎重なところもあるんだなあ。見直したぜ」

「へへ、李之助さん。それって誉《ほ》め言葉として受け取らせていただきやすぜ」

「勝手にしろい」

李之助は突き放すように返した。

もちろん、いま仙左のふところに収まっているのがなんであるか、ご禁制のものか、ならばどんな価値のあるものか知りたい。直接手に取ってみたい。だがその思いをいま、杢之助は懸命に抑《おさ》えている。

播磨屋や鷹取屋のように、杢之助に興味を持って木戸番小屋の腰高障子の前に立つ者が、いまのこの時間にいないのがさいわいだった。お絹もお静もその後ゆっくりと来ていないが、やがて来るだろう。

（いまは来ねえでくれ）

杢之助は胸中に念じている。心ノ臓が、いつになく高鳴っているのだ。

仙左が、大胆にも薩州蔵屋敷か佐伯なにがしとかいう江戸勤番侍に、なにかを仕掛けようとしていることに、これまでの話から杢之助はすでに気づいている。

杢之助の願いは、四ツ谷左門町のときも両国米沢町のときも、さらに泉岳寺門前町に入った現在《いま》も、まったく変わりはない。それはただひとつ、

（目立たず、野原の枯れ葉一枚になりてえ）

そのためには、現在自分の住む町が平穏であらねばならない。そのためなら、どのようにも奔走《ほんそう》する。場合によっては裏走りのなかで、悪党の誅殺《ちゅうさつ》さえ厭《いと》わない。それは必殺技の現場を見ていないまでも、お絹やお静の感じ取っていることでもある。だからお絹とお静の母娘は、泉岳寺門前町の実家に戻ってから、誰にも命を狙

われることなく、平穏に暮らせるのだ。

ともかく杢之助が奔走するのは、町の平穏を保ち、おのれの身を静かに置くことができる場を確保するためである。

だが、杢之助がいま仙左の話から感じ取ったものは、懸念したとおりまかり間違えば、危難を車町にも門前町にも呼び込むことになるかも知れない。しかも仙左が仕掛けようとしている相手は、薩州蔵屋敷そのものか、それとも四百石取りの勘定方組頭ひとりか、まだ判明していない。

（いずれにせよ、この火の粉、大きいぞ）

思わずにはいられない。

免《まぬが》れる道は一つしかない。仙左に見込まれたこと自体が、すでに係り合ってしまったことになるが、

（まだ間に合う）

いま仙左が木戸番小屋に大事そうに持って来たのは、命がけで得たものであり、もちろん杢之助に見せるためである。

見ずに追い返したなら、あとでなにが起きても、

『知りやせん』

で、押し通すこともできようか。

だが、
誘惑《ゆうわく》を抑え、

(気になる)

「仙左どん。おめえさん、儂《わし》になにをさせようとしているか知らねえが、買いかぶってもらっちゃ困るぜ。儂は見てのとおりの番太郎さ。おめえの差配した荒稼ぎを御破算《ごはさん》にしたのは、たまたまああなっただけのことだ。おなじ真似をもう一度やれと言われても、あんな偶然、できることじゃねえ」

元の立ち位置に戻り、

「おめえさんが時化に遭った弁才船のなかでなにを手にしたか、町の番太の儂にゃ関わりのねえことさ。ま、きょうはこのまま帰《けえ》んねえ」

もちろん、危険な企みを断念させる思いもある。町のためであり、自分のためであり、さらに仙左自身のためでもある。

思いがけない杢之助の言葉に仙左は面喰《めんく》らったようだが、これまでしぶとく生きて来た度胸からか、

「いいんですかい」

逆に杢之助を見据えた。

肚《はら》の探り合いではこの男、杢之助とじゅうぶん渡り合えそうだ。

迷った。揺らいでいる。仙左に、ましてそのふところの品に、関心を失ったのではない。強い関心は捨てていないのだ。というより、捨てきれない。

杢之助のそうした心中の動きを、仙左は読んだか、

「へへ。この品、布袋の上からだけでも触《さわ》ってみますかい」

言ってふところに手を入れた。

杢之助はそれを止めなかった。逆に視線を仙左の手の動きに集中した。

そのときだった。

「えー、木戸番さんへ。うちの代貸は来ていやしょうか」

声とともに腰高障子が動いた。

嘉助だ。そのうしろに耕助と蓑助が立っている。いずれも小ざっぱりした姿になっている。いかにも遊び人姿の仙左の手下たちといった風情だ。髷《まげ》も結いなおしてはいないものの、乱れはない。

いくらか戸惑う杢之助をしり目に仙左が、

「おう、来たか。待ってたぜ。言ったとおり、向かいの日向亭で甘い物でも取り、

時間をつぶしていろ。用があったら呼ぶからよ」

「へい」

嘉助が返事とともに頭をぴょこりと下げ、また外から腰高障子を閉め、三人の影が障子戸から遠ざかった。

陽はまだ西の空に高い。

李之助は視線を腰高障子から仙左に戻し、

「どういうことだ」

「へへ、李之助さん」

仙左はふところに手を当てたまま、

「こいつぁ、けっこうな品でやしてね。ご開帳するにゃそれなりの用心が必要でさあ。ま、やつら頼りねえが、用心棒といったところで。もっともあいつら、この品がなんであるかは知っちゃいねえんでやすがね」

「ほう、そんなに価値ある珍しい品かい」

「そりゃあもう。あっしも最初、見たときゃわけがわからんで、首をかしげやしたよ。ともかくご覧になってくだせえ」

言いながらふところに手を入れる仙左に李之助は、

「ふむ」

肯是《こうぜ》の返事をし、その手元に視線を向けた。

「ほれ、このように、ずしりと来やしてね」

言いながら仙左は房紐付きの布袋を取り出し、さらに中身を披露した。

きらりとした光沢が目を射る。

「おおっ、金無垢の延べ板⁉　それに、この寸法‼」

大きい。延べ棒などではない。

仙左はつづける。

「へん、ただの延べ板じゃござんせんぜ。見なせえ、手拭いを夜鷹《よたか》みてえにふわりとかぶった観音さんなんざ、聞いたこともござんせんでしょう」

おもてを上に、両手に載せ杢之助に指し示した。

「どうですい。手を合わせりゃあ、どんな大きなご利益が転がり込んでくるか、見当もつかねえほどでやしょう」

他人《ひと》に見せるのは、これが初めてである。野太い声がかすれている。

「さあ、顔を近づけ、じっくりと拝んでくだせえ」

「うーむ」

李之助は実際に珍しいものを見るように顔を近づけ、

「触っていいかい」

と、浮かし彫りの像を指でなぞらえるように触れ、

「むむむっ」

奇妙なうめき声を上げ、あぐら居のまま身をうしろに引き、視線を仙左の顔に向けた。

「なんですかい」

怪訝《けげん》そうにその視線を受けた仙左に、

「おめえ、さっきこれを観音さんと言ったなあ」

「言いやしたが、ちょいと変わった観音さんでやしょう」

「違うぜ」

李之助の声もかすれていた。

「違うって、そりゃあ垂らし髪で手拭いをふわりとかぶってはいなさるが、面はどう見ても女人《にょにん》だぜ」

「だから観音さんかい」

「あっしはそう見やしたが」

「馬鹿野郎、よく見ろい。これはなあ聖母像《せいぼぞう》といって、ご禁制の切支丹《きりしたん》が拝むものだ。観音さんをこんな延べ板に彫るような酔狂な者がどこにいる。金無垢なら立像にするはずだぜ。よくもこんなものを！」

言う李之助の顔は引きつっていた。

ようやく仙左も気づいたか、

「ひーっ」

聖母像の彫られた金の延べ板を、すり切れ畳の上に投げ捨てた。ずしりとした不気味な音がする。

「しーっ」

李之助は指を口にあて、叱声《しっせい》を吐いた。

部屋の雰囲気の変化が、外に洩れてはならない。目的がなんであれ、切支丹の祭《さい》具《ぐ》など持っているだけで死罪は間違いない。まして金無垢の延べ板である。厳しい詮議があり、余波はどこまで及ぶか知れたものではない。

さいわい部屋の異常は、腰高障子の外に気づかれてはいなかった。障子戸の向こうに人の行き交う気配に変化はない。

すり切れ畳に投げ捨てられた金無垢の延べ板は、おもてを上にしている。長い垂らし髪に、よく見ればふわりとかぶっている薄そうな布は、手拭いというより風呂敷のかたちに近い。面立《おもだ》ちも南蛮人《なんばんじん》の女のように見える。見えるといっても、南蛮人など話には聞くが見たことなどない。まして女は……。なにやらありがたそうなその像は、日本人離れしているのだ。

仙左は無造作にすり切れ畳の上に打ち捨てた、金無垢の延べ板に彫られている像を、あらためて見ている。〝手拭いをかぶった、みょうな観音さん〟というのは、最初にそう思ってしまったからであろう。それが李之助に言われ、崩れ去った。新たに脳裡を駈けめぐるのは、

――死罪
――獄門
「ど、どうしよう……、李之助さん！」

太い声で、すがるような言いようは似合わない。

だがいまは声が合っているかどうかなど、問題ではない。

もしこれが一般に知られている十字架の基督像《きりすとぞう》だったなら、たとえ金無垢であっても、袖ケ浦の沖合で板切れにつかまっている時点で、震え上がって波間に打ち捨てたであろう。

「どうしようたって……」

李之助も観音像ならぬ聖母像に、視線を据えたまま言った。あとの言葉が出てこない。いま李之助の脳裡にあるのも、〝死罪……獄門〟なのだ。

金無垢の聖母像の延べ板は、まさしくここにある。いずれかへ移したとしても、どこでどんなきっかけで、この存在がおもてになるか知れたものではない。

ひとたびおもてになれば、その動きは徹底的に調べられるだろう。事態はどこまで波及するか分からない。その経緯の一つが高輪大木戸の外であれば動くのは町奉行所ではなく、泣く子も黙る火付盗賊《ひつけとうぞく》改《あらため》方《がた》となろうか。もう逃れられない。李之助はというより、そこは泉岳寺門前町の木戸番小屋である。門竹庵細兵衛や日向亭翔右衛門ら門前町の町役たちも、無事ではすむまい。

李之助は言った。吐き捨てるような口調だった。視線は金無垢の延べ板に向けられている。

「よくもまあこんなものを、こんなとこへ持って来やがったなあ」

「し、知らなかったんだよ。一風変わった観音さんとばかり思ってよ」

仙左も事の重大さがしだいに分かってきたか、うわずった口調になっている。

「うー、そうよなあ」

返した杢之助の口調は、落ち着きを取り戻していた。江戸を震撼《しんかん》させた大盗の以前があれば、背景は違っても危機には幾度《いくど》も直面している。まさしく亀の甲より年の功だ。それを嗅ぎ取っていた仙左も、なかなかのものである。

杢之助はなおも聖母像の延べ板に視線を落としたまま、

「仙左よ」

「へえ」

仙左の返事には、すがるような響きがあった。それに、杢之助の仙左への呼び方も無意識にであろう、変化していた。〝おめえさん〟と〝おめえ〟が交差し、さらに〝仙左どん〟から〝仙左〟になった。仙左もそれを自然に受け入れている。

「おめえ、さっき嘉助ら三人は用心棒で、〝この品がなんであるかは知っちゃいねえ〟と、言っていたなあ」

「へえ、さようで。やつら、あっしがなにやら大事《でえじ》なものを、ここへ持って来たことだって知っちゃいねえ」

「そうか。それで、まあ、観音像でもいいや。それをおめえが隠し持っていることはどうなんだ。知っているのかい」

「いいえ、知っちゃおりやせん。あっしが船に乗っていて、時化で海に放り出されたことは話しやしたが、この金無垢の延べ板のことは話しておりやせん。船が薩摩に借り上げられた、浪速丸という弁才船だったことも話しちゃおりやせん」

「ならば、これの存在はまったく知らねえのだな」

「へえ。あっしがこんな危ねえものを、あの賭場の板敷の下に隠していることも。ああ、普段はこいつ、あの賭場の床下に穴を掘って埋めてあるんでさあ。それは二本松の親方にも話しちゃおりやせん」

「ふむ。ならば知っているのはおめえ一人で、薩州蔵屋敷の者も当然、知らねえってことだな」

「そうなりまさあ。知ってりゃあ、とっくに二本松の棲《す》み処《か》は薩摩のお侍に踏み込まれていまさあ」

「よし、分かった」

杢之助の口調は、ますます落ち着きをみせていた。

「つまりだ、蔵屋敷の佐伯太郎左衛門たらいう勤番侍は、こいつが時化のどさくさにおめえと一緒に消えたことは知っていても、おめえがどこにいるかは知らねえってことだな」

「ま、早《はえ》え話が、そうなりまさあ」

「そうか。あの三人、まだそこにいるだろう。やつらにゃ酒より甘《あめ》え団子のほうが似合ってらあ」

　李之助は頬をゆるめて、視線を腰高障子のほうへ向けた。

　仙左はその視線を追うように、

「ちょいとご免なすって」

　腰を上げ、三和土に下りて腰高障子にすき間をつくった。

「おりやす。お茶に団子をまあ四皿《よさら》も五皿《いつさら》も。俺のおごりだと思いやがって」

「可愛いとこあるじゃねえか。やつら、団子を喰ったら帰《けえ》してやんな。おめえとはここで向後の策《さく》を練《ね》らなきゃならねえ。ともかくあの三人にも、二本松にも、儂とおめえがここでなにを話しているか、微塵《みじん》も覚《さと》られちゃならねえ。これにゃ、儂とおめえの命《いのち》がかかっていると思いねえ」

「へ、へえ」

　仙左はかすれた声を返し、そのまま腰高障子を引き開け、外に出た。開けたままで、李之助からも日向亭の縁台がよく見える。

　仙左は三人となにやら言葉を交わしている。

　それを見ながら、李之助はつぶやいた。

「まったく、どこにどう落とし所を見つけるか」

選択肢は限定されている。

縁台は、楽しそうだ。

仙左が戻って来た。

三和土に立つとうしろ手で腰高障子を閉め、

「木戸番さんと話が弾み、番小屋で一杯《いっぺえ》やってから帰《けえ》るからって」

「ご相伴《しょうばん》に与《あず》かりてえって言わなかったかい」

「そんなこと言わせやしやせん。代わりに、あと幾皿《いくさら》か喰ってから帰《けえ》るなんてぬかしやがって」

言いながらすり切れ畳に這い上がり、杢之助とまた向かい合いあぐらを組んだ。

仙左は嘉助ら三人に、心中の切羽詰まったようすは覚《さと》られなかったようだ。なかなかの役者だ。

部屋の中には、命にかかわる緊張が漲《みなぎ》っている。

陽は西の空に、かなり傾いていた。障子窓が斜めから西日を受け、風が出ているわけでもないのに、波の音がことさら大きく聞こえる。

「仙左よ」

「へ、へえ」

仙左はすり切れ畳に落としていた視線を上げ、杢之助を見つめた。

三

「お宝はほれ、とりあえずそこに押し込んでおいたぜ」

板張りの粗末な衝立《ついたて》の向こうに、夜具や葛籠《つづら》など、杢之助の日常の物が置かれている。その下に金無垢の延べ板を押し込んだのだ。

「へえ」

仙左は返した。日向亭の縁台から戻って来ると、すり切れ畳の上だった金無垢の延べ板がない。視線はそれを追い、杢之助に向けられたのだ。

杢之助は仙左の視線に応えた。

「もっと詳しく聞こう。おめえ、ここの駕籠溜りの衆に、しきりに田町のようすを訊いていたなあ。当然、嘉助らにも探《さぐ》らせたはずだぜ」

「へえ、探らせやした。蔵屋敷と勤番侍の佐伯屋敷に、なにか変わった動きはないかって」

「なにもなかった。不思議なくらい……。そうだな」

「へえ、さようで。よくご存じで」

「向こうさん、長閑《のどか》なもんじゃねえか。きょうは町駕籠に揺られて泉岳寺参り。ところが左右太とかいう中間がここへ窩主買はいねえかなどと聞き込みを入れた。さあ、おめえの頭の中で、すでにまとまったものがあるはずだぜ。言ってみろい。たぶん儂もおなじ考えに行きついていらあ」

「さようですかい」

仙左は応じた。さきほど杢之助から、左右太が木戸番小屋に来たのは、窩主買がこの町にいるかどうかの探りだったことを聞かされ、とっさに頭をめぐらしたものがある。それをいま、まとめて言葉にしようとしている。

聖母像を浮かし彫りにした金無垢の延べ板が、そのままのかたちでか、それとも金槌《かなづち》で叩いて像を潰《つぶ》し、ただの金の板にしているかは分からないが、ともかくその寸法の物が市中にながれていないかどうか、中間の左右太に探りを入れさせた。最初は田町界隈で、さらに芝の増上寺の門前町あたりにまで範囲を広げた。

窩主買などがうごめいている怪しげな町に聞き込みを入れるなど、二本差しでは具合が悪い。用人は武士で大小を帯びている。動いたのはおそらく左右太ひとりだろう。効率はきわめて悪い。半年を経てもそれらしい形跡にたどりつけない。それで範囲を大木戸の外にまで広げた。

「あの左右太というお中間さん、お屋敷の殿《との》さんからけっこう信頼されているのでやしょう。そういう面構えでやしたから」

「ふむ、さすがだぜ。儂もいま、それを思うていたのよ」

「恐れ入りやす」

仙左は恐縮したように頭をぴょこりと下げた。

そこへ杢之助はかぶせた。

「時化のあった日からすでに半年、薩摩の蔵屋敷に変わった動きはなく、ほそぼそと佐伯家の者のみが動いていることから、なにが見える。見えるものがあるはずだぜ。言ってみな。時化のときに、お宝の入《へえ》った布袋の房紐が、おめえの手にからみついていた経緯も合わせてよ」

「あのときのようすですかい。忘れもしやせんぜ。そこからなにが見えるかって？」

仙左はひと呼吸、間を置き、

「あっ、なるほど。そういうことですかい」

「そう。そういうことだ」

杢之助はうなずきを見せた。

佐伯太郎左衛門は切支丹だった。国おもてに帰ったとき、秘かな信仰のため、誰でもそれと分かる十字架ではなく、あまり例を見ない延べ板にし、しかも基督《きりすと》ではなく聖母像にした。

それを仙左は観音像と見間違えたのだから、像にはそうした意図があったのかも知れない。

聖母像を作成したのは、領内ではなく琉球だったのかも知れない。蔵屋敷勘定方四百石の佐伯太郎左衛門なら、藩を挙げての琉球との密貿易にも係り合っており、できない相談ではない。

それはともかく、佐伯太郎左衛門は金の延べ板の紛失を隠し、仙左なる荷物《にもつ》賄《まかない》方《がた》が海に転落したことも伏せた。あのとき、見ていた者は誰もいないのだ。

「分かりやしたぜ」

仙左は言う。

浪速丸が時化に遭遇したとき、荷物賄方が一人行方不明になった以外、事件も事故もなかった。船方衆の事故は、藩の事故ではない。半年探《さぐ》りを入れても、蔵屋敷になんの動きもなかったのは、きわめて自然なことである。

ということは、佐伯太郎左衛門一人が針《はり》の莚《むしろ》ということになる。

紛失した、聖母像を彫った金無垢の延べ板がいずれかにながれ、それの元の持ち主が特定されれば、それこそ死罪、獄門で、薩摩藩とて幕府から叱責《しっせき》され、藩を揺るがす大事件に発展するだろう。

弁才船の浪速丸で、船方衆が一人海に転落した以外、なんの事件も事故もなかった……。

「そういうことだ。佐伯太郎左衛門たらいう薩摩の勤番侍はこの半年、針の莚どころか、生きた心地もしなかっただろうよ。おめえ、罪なことをしたもんだぜ」

「へえ、まあ、そういうことになりやしょうか。したが、盗《ぬす》んだんじゃありやせんぜ」

「荒れる海の中で、布袋の房紐が指にからまってたんだろう。信じるぜ」

「ありがてえ」

「したが、あとがいけねえぜ。それを観音さんと間違《まちげ》えて猫ババしやがった」

「分かってくだせえ。こんなお宝にめぐり合えるなんざ、一生に一度あるかねえかで。それが、あったんでやすから」

「まあ、分かるぜ。その気持ちよ。だが、おめえは大《てえ》した悪党だぜ」

「いえ、誰だってその場になりゃあ……」

「いや。儂が言ってるのは、そんなことじゃねえ。あのお宝を金《かね》の生《な》る木とみなして、もっとせしめてやろう、と。欲というより、その度胸と無鉄砲さ、褒《ほ》めてやるぜ」

「李之助さん、いってえあっしになにを……？」

仙左は異様な誉め言葉に、上目遣《うわめづか》いに李之助を見た。

李之助は応えた。

「これで相手に揺さぶりをかけ、お宝の価値を二倍にも三倍にもしようと企みやがったろう」

「へ、へえ」

「よかったじゃねえか」

「え？」

「仕掛ける相手がばかでけえ薩州蔵屋敷そのものじゃのうて、枝に分かれた佐伯太郎左衛門一人に絞られてよ。おめえ、それがご禁制の切支丹の品であったことに驚いてやがるが、儂も驚いたぜ」

「杢之助さん、言ってくだせえ。はっきりと」

「ふふふ、おめえ、蔵屋敷よりも佐伯屋敷だけのほうが与《くみ》しやすい……と、いま思ってやがるだろう」

杢之助はまるで、それをけしかけるように言う。その逆である。ただ、慎重なのだ。安易に仕掛ければ、自分の首が飛ぶ。

「なめてかかっちゃいけねえぜ」

「そ、そりゃあ」

仙左は返す。

杢之助はつづけた。

「おめえ、切支丹が出て来て驚きのあまり、儂に肝心なことを訊くのを忘れちゃいねえかい」

「…………？」

「ならば、言ってやろう。あの中間、左右太とかいったなあ」

「へえ、さようで」

「なかなかの面構えで、ただの中間じゃねえ」

「あっしもそのように……」

「その左右太が番太の儂に、塒主買は知らねえかと訊いた。儂がどう応えたか、おめえ、儂に訊いていねえじゃねえか」

「あっ」

仙左は声を上げた。切支丹に驚愕し、恐怖のあまり訊くのを忘れていたのだ。かくいう杢之助も緊張のあまり、言い忘れていた。向後の策を思えば、重大なことなのだ。

探るように、仙左は言う。

「この町に塒主買など聞いたことありやせん。たぶん杢之助さん、知らねえ、と」

「ふふふ、仙左よ。おめえらしくねえぜ」

「えっ、どういうことで？」

上目遣いだった仙左の表情に、怪訝《けげん》さが刷《は》かれた。

杢之助の低く皺《しわ》枯《が》れた声は、すっかり落ち着いている。

「知らねえと答えたんじゃ、左右太との縁はそれまでだろう。せっかく向こうから飛び込んで来やがったんだ。それに塒主買も人だ。あっちこっち動きまわらあ」

「はあ」

「塒主買なあ、聞かねえこともねえぜ。いるってえうわさでも聞きゃあ話してやらあ。また来ねえ……と」

「答えなすったかい。ほんとうにご存じなんで？」

「知るかい」

「えっ、……そんなら、なぜ？」

「つまりこの木戸番小屋は、糸一本で佐伯屋敷とつながりができたってことよ。佐伯太郎左衛門さんにすりゃあ、泉岳寺参詣は切支丹であることを隠す、目くらましのつもりがあったかも知れねえ。そこに左右太が走り、とりあえず取り付く感触は得た。この細い糸が太い綱になってみねえ。泉岳寺さんのご利益《りやく》があったことになら あ。それを機に佐伯さまとやら、切支丹から仏教信徒に転んでくれりゃ言うことねえんだが。そうもいくめえか」

「あたりめえでさあ。あんなすげえ祭具《さいぐ》をつくりなさるお武家が、こんなことで転んだりしてたんじゃ、切支丹なんざとっくにこの日ノ本から消えちまってまさあ。それよりもあっしにとっちゃ、それ、そこで下敷きになっている延べ板が、どれほどのお宝に化けてくれるか……。そのほうが大事《でえじ》でさあ」

「さっきはあんなに驚いてやがって。現金なやつだぜ。用心しねえと、首が飛ぶってえ物《ぶつ》だ。細心《さいしん》の注意が必要だぜ」

「ほっ、李之助さん。乗ってくださいやすかい。いい智慧《ちえ》をつけてくだせえ。なんでも従いまさあ」

「乗るも乗らねえも……。おめえ、その物《ぶつ》をすでにここへ持ち込みやがった。恨《うら》むぜ。どこかでこれの存在がおもてになりゃあ、それだけで一蓮托生《いちれんたくしょう》だ。儂《わし》もおめえも、幾人の首が飛ぶか知れたもんじゃねえ。防がにゃなるめえ。儂ゃあいま、おめえを叩き殺してえほどの気分になってらあ」

本心である。いかに処理するか、もうあとには退《ひ》けないのだ。

「へへ、李之助さん。ありがてえですぜ。李之助さんと一蓮托生になれて、心強《こころづえ》えってもんでさあ」

「こきやがれ」

実際に李之助は、瞬時ながら仙左に殺意を覚えた。

仙左はきょうここに来てから初めて、満足そうな表情になっている。

李之助には腹立たしいことだが、もう恨んでも詮無《せんな》い。ともかく話を前に進め、事をできるだけ小さく、何事もなかったように収めなければならない。誤れば、泣く子も黙る火盗 改《かとうあらため》が出張って来る。門前町という場所柄、寺社奉行まで介入して来ようか。

「で、杢之助さん。このあとどのように。あっしはなにをしやしょうかい」

悪びれず言う仙左に、また腹が立つ。だが、突き放すことはできない。

そこへ不意に、

「おっ」

杢之助は声を上げた。坂道に面した腰高障子と街道側の障子窓に射していた明るさが薄らいでいる。陽はかなり西の空にかたむいているようだ。日の入りが近い。時の経つのも忘れるほど、話に没頭していた。それほどのことを、木戸番小屋の中は交わしていたのだ。

杢之助はさらに言う。

「嘉助たち、まだいるかなあ」

「やつらにもなにか用を？　まあ、ちょいと見てみやしょう」

仙左はまた腰を上げ、腰高障子にすき間を作った。

「おっ、帰り《けえ》り支度をしてやがらあ。たらふく喰ったろうなあ」

「ちょうどいいや。代金を払ってやったついでに、こっちへちょいと呼んでくんねえか。あいつらも馬糞拾いで、佐伯屋敷とつながりがあるだろう」

「そりゃあ、ありまさあ。ともかく呼んで来まさあ」

縁台では、木戸番小屋から仙左が出て来ると、嘉助が、

「あ、代貸さん。ちょうどよござんした。湯にも浸かって団子もたらふく喰い、いい骨休めができやした」

「そろそろ帰《けえ》ろうかと言ってたんでさあ」

「へへ。あの、お代のほうを」

耕助が言い、最年少で十五歳の蓑助が、はにかみながらつづける。

「ははは、心配《しんぺえ》すんねえ。それにしてもよくまあ喰いやがったなあ」

仙左は笑い、縁台には日向亭の女中も驚くほど団子の皿が積まれている。こうしたやり取りにも、三人の若い衆が仙左と一体になっていることがうかがえる。

仙左から杢之助がなにやら話があると言われ、

「えっ、あの木戸番さんがですかい」

嘉助が緊張した声を洩らした。無理もない。荒稼ぎを封じられたとき、木戸番人の身のこなしは偶然ひっくり返ったものと思ったが、あとからじっくりふり返り、

「――あの爺《じい》さん、得体が知れねえ」

三人は話し合ったものである。

いまその木戸番人が、自分たちになにやら話があるという。

縁台から腰を上げ、数歩も進めばもう木戸番小屋の前である。

「おう、おまえたち。ゆっくり休めたかい」

と、杢之助は木戸番小屋の中ではなく、腰高障子の外に出ていた。部屋の中には招じ入れられない。金無垢の延べ板ではない。あれは見えない所に押し込んである。仙左は木戸番小屋に向かうとき、杢之助と一杯やると言っていた。ところがいま、すり切れ畳の上にはその痕跡《こんせき》がない。部屋の隅に一升徳利があるだけだ。杢之助と仙左はずっと、飲まず喰わずで話し込んでいたのだ。聞いた話と違うようすに、三人は首をかしげるだろう。これからの危険な道のりを思えば、身近な者にこそ、怪訝に思われることがあってはならないのだ。

杢之助は開けた腰高障子の前で、中をふさぐように立っている。

縁台で勘定を済ませた仙左が三人のうしろに立ち、

「なんでえ、こんな外で話かい。ふむ、ふむふむ」

と、うなずいた。だが、仙左が得心したのは、

(あの延べ板がいま、ここにあるから)

であった。

ともかく仙左は、外で話すことに奇異を感じず、

「さあ。話してくだせえ」

きわめて自然な口調で言った。

三人は真剣な表情で杢之助を見つめている。木戸番小屋の前で、立ち話をするかたちになった。この時分街道は、いずれもが陽のあるうちにと速足になり、門前町の坂道に入る者はいない。いても外に出ていた町内の住人が帰って来る程度で、坂道から街道に出る参詣人はちらほらといる。向かいの日向亭も、嘉助ら三人がきょうの最後の客になったようだ。女中が外の縁台を片づけにかかっている。そうした夕刻近くの雰囲気に、木戸番小屋の前での、無粋《ぶすい》な男たちの立ち話に、興味を示す者などいない。

一人いた。日向亭のあるじ翔右衛門だ。さっきから三人の若い衆が、町に迷惑をかけていたときとは打って変わり、木戸番小屋の前に立ってなにやら深刻そうに杢之助の話を聞こうとしているのだ。

心配しているのではない。すでに三人は仙左に連れられ、町衆に詫びを入れている。

(まっことと木戸番さん、よくやってくれている)

その思いからの関心であり、なにを話しているのだろうと近寄って来ることはなかった。

李之助は立ったまま言う。

「おめえらの仕事、町のお人らの役に立って、みんな喜んでいるぜ」

「へえ」

「まあ、そのようで」

嘉助と耕助が返し、蓑助も緊張を解いた表情になった。

李之助の言葉はつづいた。

「大木戸の向こうっかわでもそうだろう。とくに武家屋敷のお中間さんたちゃあ、てめえたちの仕事を代わってやってくれているのだから、なかにはわざわざ出て来て礼を言うお方もいなさろうかい」

「そりゃあもう」

弾んだ声で受けたのは蓑助だった。田町で件《くだん》の佐伯屋敷の前で、嘉助だけでなく蓑助が馬糞を拾っていたとき、中間がわざわざ出て来て礼を言っている。そのときの中間が、左右太だったかも知れない。

李之助はつづけた。

「田町の佐伯屋敷のお中間さんがきょう、殿さんの泉岳寺参詣のお供のついでに、此処《こ こ》へ来なすってなあ」

「えっ、佐伯屋敷の？　知ってまさあ。親切なお屋敷だ」

蓑助が弾んだ声で返す。

それは杢之助の計算のうちだった。

つづけた。

「用件は人探しだった。にわかには答えられなかったが、それらしいお人に心当たりのあるのを思いついてなあ。さっきもそれを仙左どんと一杯《いっぺえ》やりながら話していたのよ」

「さようでございやしたかい」

蓑助が背後に立っている仙左にふり向いた。

(杢之助さん、いってえなにを三人には伏せておくつもりなんですかい)

胸中につぶやきながらも、

「あ、あぁ。そうだった」

杢之助の話に合わせた。

杢之助は軽くうなずき、新たな内容に話をつないだ。

「できることならそれをそのお中間さんに早《はよ》う報せてやりてえ。かといって儂がここを留守にして田町まで行くわけにもいかねえ。そこで仙左どんとも話し合《お》うてなあ……」

「あ、分かりやした。それをあっしらに」

蓑助は言う。

（なるほど、そう話を持って行きなすったかい。さすが李之助さんだぜ）

仙左は解するとともに李之助の話の持って行きように感心し、

「ま、そういうことだ。おめえ、あしたまた田町まで足を延ばし、このことを佐伯屋敷の中間さんに言っておいてくんねえ」

と、李之助に話を合わせた。

仙左からの直接の指示とあっては、

「がってんでさあ」

蓑助の声は弾み、

「で、どなたさんですかい。中間さんが会いたがっている人たあ」

「そんなことは訊かなくていい。言われたとおりにすりゃあそれでいいんだ」

これは李之助のというより、仙左そのものの思いであろう。

「へえ」

蓑助は恐縮したように、ぴょこりと頭を下げた。

李之助は内心、仙左の頭の回転のよさに感心した。

蓑助に、つけ加えた。

「これはあくまで儂とその中間さんとのことでなあ。佐伯屋敷で話すときも、仙左どんのことはなにも言うんじゃねえぞって。だから儂が直接、仙左どんに代わっておめえらに話しているんだ」

「そういうことだ」

仙左が短くつないだ。

李之助はあらためて仙左がうまく合わせたことに感心し、この場を締めくくるように言った。

「儂はまだ仙左どんと話があってなあ。二人で酒のつづきだ」

「さようですかい。そんならあっしら、きょうはこれで帰ってあしたの仕事の段取りをしまさあ」

言ったのは三人の中で一番歳を喰っている、十七歳の嘉助だ。

李之助と仙左の息は、李之助自身が驚くほどに合っている。これで三人の若い衆を李之助が指図しているのでなく、あくまで仙左が差配しているというかたちは崩さずにすんだ。これこそ自然のかたちで、そこに三人はなんら疑念を感じることもないだろう。

李之助と仙左は木戸番小屋の前に二人ならんで、きょうの息抜きを堪能したように車町へ帰る三人の背を見送った。

陽がちょうど沈みかけた時分だった。

縁台をかたづけた日向亭の女中が、

「ありがとうございました。またのお越しを」

三人に声をかけていた。

四

「やっこらせ」

「ふーっ」

李之助と仙左はふたたび、すり切れ畳に向かい合って腰を据え、そろって大きく息をついた。

陽が落ち、障子窓から入る明かりが急激に弱まり、部屋の中は薄暗くなった。

李之助が即席《そくせき》の演技をし、仙左がことのほかうまく合わせたのだ。

「向こう、あの部屋さ。いいのかい、おめえが留守にして」

「へへ、たまにゃよござんしょ。丑蔵の親方がうまく仕切ってくれまさあ。さっきはそれをあの三人に頼んだのでさあ」

「ふむ、なるほど」

李之助は得心したようにうなずいた。さきほど仙左が三人の若い衆に、今宵遅くなることを言付けたとき、〃二本松の親方〃とは言わずに〃丑蔵のお貸元に〃と言った。すなわち、賭場の仕切りをよろしく頼むと依頼したのだ。

「それよりも、李之助さん……」

「そうよなあ……」

二人はそろって粗末な衝立のほうへ視線を投げた。

部屋にはふたたび緊張の糸が張られた。

板を張り合わせただけの衝立の内側には、李之助の夜具がたたまれ、その下には房紐のついた布袋が押し込まれている。房紐も布袋も、海の中で仙左の指にからまっていたときのままである。

蓑助はあしたにも田町の佐伯屋敷に出向き、用件は中間に伝わるだろう。おそらくその中間は左右太だろう。そうでなくても、言付けは屋敷内で左右太にすぐ伝わるだろう。

(来る)

李之助も仙左も確信している。

左右太は泉岳寺門前町の木戸番人の言付けを聞くなり、

『なに！　すぐにっ』

と、それほどに先方は、切羽詰まっていることに間違いないのだ。

「うーむ」

「李之助さん！」

うなる李之助に仙左はまた声をかけ、ひと膝まえにすり出た。

蓑助の言付けを受けた左右太は、即刻あるじの太郎左衛門に報告し、そのうえで来るはずだ。事態の動く一石は、すでに投じたのだ。このあとどうすべきか、仙左が李之助を頼るのも当然であろう。

だが李之助は一石を投じたものの、

(向こうも慎重に出るはず。こっちはより慎重に)

その発想が脳裡にあるだけで、

（具体策は……）

ないのだ。

思考のなかに、時間ばかりがながれる。

「杢之助さんっ」

仙左は催促する口調になっていた。

不意に腰高障子の外から、

「すっかり遅くなっちまったい。いなさるんだろう？」

提灯の灯《あか》りが揺らぐのと同時に声が立ち、障子戸が引き開けられた。

「あれ、お客人かい、灯りも点《つ》けねえで」

部屋の中に目を凝らし、言ったのは前棒の権十だった。

ハッとしたように、杢之助と仙左はそのほうに目をやった。担ぎ棒に提げた小田《お だ》原提灯《わらちょうちん》の灯りに、その角顔が浮かぶ。

「おおぉぉ」

杢之助と仙左は同時に気がついた。いつのまにか人影も見えなくなるほどに暗くなっていたのだ。あぐらを組んだまま、黙考《もっこう》のなかにときおり短い言葉を交わしていたのは、相手のそこにいる気配に対してであった。部屋が暗くなっていたことに、まったく気がつかなかった。ということは、杢之助は大盗賊だった一時期を持ち夜《よ》目《め》が利くが、仙左もある程度は利くということか。

（こいつ）

杢之助は瞬時、思ったものである。

それよりも、眼前の灯りのなかに浮かぶ権十である。助八もすぐ横にいる。

とっさに言った。

「ちょいと車町の仙左どんが来てなあ、一杯《いっぺえ》ひっかけていると、こんな時間になっちまった」

「そう、そういうことだ。つい話が弾んでなあ」

部屋の中から仙左がつないだ。外からはぼんやりと人影が確認できるだけで、すり切れ畳の上に徳利や湯呑みが出ているかどうかなど見えない。

助八が言う。

「なんでえ、仙左さんかい。色気ねえぜ」

「こきやがれ」

仙左は返した。

「芝から品川までお大尽《だいじん》を運んで、その帰《けえ》りで疲れてらあ。まあ車町の人、最近与太っていねえって評判だ。ゆっくりして行きねえ」

仙左が町へ詫びを入れた効果が、こんなところにもあらわれている。

杢之助は三和土に下り、小田原提灯から油皿に火をもらった。

すでに街道にも人の気配はなく、あるのは闇から湧上がって来る波の音ばかりである。あとはもう駕籠溜りに戻って来る駕籠はなかった。

部屋の中がほのかに明るくなった。

「儂としたことが、暗《くろ》うなったことも気づかなんだとは」

言いながら杢之助は部屋の隅の一升徳利を引き寄せ、

「他人《ひと》にゃ一杯やってるって言ったんだ。嘘にならねえように、な」

湯呑み二つも用意した。つまみには塩味の煎餅《せんべい》があった。

「あっしが」

仙左が杢之助の湯呑みに冷酒《ひやざけ》を注ぎ、自分の湯呑みにも満たした。

二人そろってあおった。

仙左が言う。

「今夜は、いくら飲んでも酔えそうにねえや」

「儂もだ」

李之助は返した。二人とも、抑圧されたような、低い声だった。

波の音しか聞こえない部屋の中に、数呼吸ばかりの沈黙がながれた。緊迫の空気に、息苦しささえ覚える。

すでに事態は動きだしているのだ。いつまでも沈思《ちんし》のなかに身をゆだねているわけにはいかない。

「李之助さん……」

すがるように、また催促するように口に出し、李之助の小じわを刻んだ顔に視線を据えたのは、もう幾度目になろうか。

ようやく李之助は言葉らしい言葉を返した。

「向こうさんも、派手な探索はできねえはずだ。探索していること自体、極秘のはずだから」

「へえ」

仙左は恐れ入るように、短く返した。そうするしかない品を、手中にしてしまっているのだ。

李之助の低い声が、すり切れ畳の上をまた這《は》った。

「こっちで動くのは儂とおめえの二人だけで、あとは誰も巻き込んじゃならねえ。

知っている者が一人でも増えりゃ、あとあとどこでどう話が洩れるか知れたもんじゃねえからなあ。それを思やあ、嘉助らになにも気づかれねえようにしたのは上出来だったぜ」

「あっしも、ただ秘密にしておかにゃと思いやして」

「それでいい。あの屋敷でも、あるじの差配で動いているのは、おそらく左右太だけだろう。きょうのお供の用人は、それを知っているというだけで、下手《へた》に動いてはおるまいよ。侍《さむれえ》というのは、秘かな探索にゃ向いちゃいねえからなあ」

「へえ」

仙左は怪訝そうに返した。品物の性質からそれを解してはいるが、このあと杢之助がなにを言おうとしているのか、見当がつかないのだ。

杢之助は言う。

「おめえのその面《つら》、佐伯太郎左衛門にゃ知られているが、あの用人と中間の左右太にゃ知られていねえことになるなあ」

「へいっ」

こんどは明瞭な口調だった。

「そこの日向亭の陰から見ていただけで、向こうさんにゃ気づかれちゃいやせんでしたから」

「よし、分かった。儂は中間の左右太とは、ここで向かい合ったが、佐伯太郎左衛門とその用人は見ちゃいねえ。ということは、ここに町の番太郎がいることは分かっていても、その番太郎の儂の面《つら》は知らねえ」

「そういうことになりやすねえ。なんだか、ややこしいような……」

「いや、明快だ。このお互いに見知って見知らねえ係り合いのなかで、策を進めるってことにならあ」

「どのように」

仙左はまた冷酒《ひやざけ》の湯呑みを口に運び、ごくりとひと口のどにながし、淡い灯りのなかに杢之助の表情を凝視した。

杢之助は言う。

「おめえ、舟は漕《こ》げるか」

「そりゃあ漕げまさあ。あっしは弁才船に乗ってたんですぜ。栈橋のねえところで荷の積み卸しをするときにゃ、海岸と船とを幾度も櫓漕《ろこ》ぎの艀《はしけ》で行ったり来たりしたもんでさあ」

「ほう、自在に操《あやつ》れるかい」

「そりゃあもう。なんならあしたにでも車町の荷運び屋で艀を借り、釣りにでも漕ぎ出してみやすかい。袖ケ浦なら流れを読みながら、自在に操ってみせまさあ」

「ふむ、それには及ばねえ。頼もしく思うぜ」

「それがなにか、これからの策に役立つんでやすかい」

「ああ。大いに役立ってもらおうかい」

「ほっ。で、どのように」

仙左の野太い声が弾んだ。

「ふふふ。そう急《せ》かすな」

杢之助は仙左を諌《いさ》めるように言った。杢之助はなにか策を思いついたようだ。上体を乗り出した仙左に、

「これはなあ、向こうさんで動くのは佐伯太郎左衛門と左右太だけと想定しての策だ。数が増えても、せいぜいあの用人さん一人ぐれえだろう」

「で、どんな」

仙左はあごを前に突き出すかたちで、杢之助に顔を近づけた。

「そのめえに言っておくが……」

と、杢之助も上体を前にかたむけた。

「おめえ、こたびの策で、小判がジャラジャラ手に入るなどと、絶対に思っちゃならねえぞ。そこの金無垢を人知れず佐伯家にお返しするのが、世間さまに波風を起《た》てず、事を一番丸く収め、おめえも儂もこのあと、枕を高《たこ》うして眠れるようになれるってことをよ」

「そ、そりゃあ……」

応えた仙左の歯切れは悪かった。不満なのだ。

杢之助はつづけた。

「それだけじゃおめえ、収まりがつくめえ」

「そりゃあ、まあ……その……」

「図星のようだなあ。おめえの話じゃ、時化のときそこのお宝が海の底に沈んじまうのを、おめえが救ったってことにならあ」

「そのとおりで」

「そのときの駄賃《だちん》と、いままで半年間ばかりの預かり賃ということで、十両ほどもふところにできりゃあ御《おん》の字《じ》だと思いねえ」

「仕方ありやせん。したが、できやすんで？」

「できる。いくらかせしめるほうが、向こうさんも安心しようよ」

李之助は言い、考えついた策を、すり切れ畳へ這わせるように語った。

語り終えると、すでにきょう一回目の火の用心に出る時分になっていた。

仙左は李之助にうながされて帰り支度にかかり、衝立のほうへ目をやった。

「あのう、あの品は……」

遠慮気味に言った。

金無垢の聖母像だ。

(暫時《ざんじ》、どこに隠しておくか)

眼前の問題である。

「そ、そうだなあ」

李之助は戸惑った。木戸番小屋に隠し置くなど、たとえひと晩でも危険極まりない。

「おめえ、持って帰《けえ》れ」

「えっ、この夜道をですかい。それにあの部屋はいまごろ、丁半の最中でさあ。そんなとこへこんなの、持ち込めやすかい」

「誰が盆茣蓙《ぼんござ》のなかへ持ち込めと言った。二本松の裏口を入りゃあ、板塀の内側に物置だか捨て場だかわからねえような一角があるだろう」

「へえ」

確かにある。壊れた大八車や使い物にならなくなった家具などが、修繕を待つように雑然と積まれている。

「そこへさりげなく忍ばせ、というより捨て置くんだ。あしたの朝早く一人になったとき、そっと回収していままでどおりおめえが隠していたとこへ戻しゃいいだろう。それも、あと二、三日のことだ」

「な、ならば、そうさせてもらいやす」

仙左は応じ、恐ろしい物でも仕舞い込むように、房紐付きの布袋を自分のふところに収めた。

二人はそろって三和土に下り、腰高障子を開けた。

外はもうすっかり夜である。門前町の坂道はもちろん、街道にも人の動く気配はない。

「お開きがこんな時分になるなんざ、昼間は想像もしなかったぜ」

「あっしもで」

「番小屋の提灯だが、持って行くかい。あしたにでも返《けえ》しに来てくれりゃ、それでじゅうぶんだから。いずれにせよ、おめえ、あしたまたここへ来るだろう」

「へえ、おそらく。したが、あっしがその提灯を持って帰《けえ》ったんじゃ、杢之助さんこのあと夜まわりするのに困りやしょう。今宵は闇夜《やみよ》じゃねえし、それにあっしは夜目が多少利きやすので」

「ほう。おめえ、夜目が利くかい。気をつけて帰《けえ》んねえ」

と、杢之助は提灯をすり切れ畳に戻し、街道まで出て見送った。

灯りを持たず、用心深そうに歩を踏む背が、いくらか前かがみになっているのがうしろからでも分かる。おそらく金無垢の延べ板を収めたふところを、上から慥《しか》と押さえているのだろう。

思えてくる。

(そうかい、おめえもやはり夜目が利くかい。危ねえなあ)

こたびの件で大金を手にしたりすれば、つぎには本格的な押込みの話を持って来るかも知れない。

(そうなりゃあ、儂《わし》やあおめえを許さねえぜ)

かといって突き放したりすれば、どう豹変《ひょうへん》するか分からない。そういう危険性を仙左は持っている。

灯りを持たない仙左の背は、いくらか月明かりがあるとはいえ、すぐ夜の帳《とばり》に消え入った。

全身がすぐ近くに響く波音に包まれる。

木戸番小屋に戻り、あらためて〝泉岳寺門前町〟と墨書された提灯を手に取り、油皿の火を移し、拍子木の紐を首にかけて外に出た。

拍子木を打ち、火の用心の口上を述べ、坂道を上る。

（それにしても仙左め、えれえ仕事を持ち込みやがったぜ）

あらためて思えてくる。

さっそくあした、佐伯屋敷は動くはずだ。

自分の身だけではない。まかり間違えば、いま歩を踏んでいる泉岳寺門前町も、となりの車町もさらに薩州蔵屋敷も佐伯屋敷のある田町一帯も、火盗改の手が入るかどうか、すべてがあしたからの策にかかっているのだ。

思わぬ結末

一

明るくはなっているが、まだ太陽は水平線の向こうだ。

腰高障子が音を立てた。

もちろん、出て来たのは李之助である。

波の音をのぞき、もうすっかり泉岳寺門前町で一日の最初の音といえば、木戸番小屋の腰高障子が開く音となっている。

つぎに聞かれるのは、

「ありがてえ」

「助かるぜ、木戸番さん」

と、朝の棒手振《ぼてふり》たちの声だ。

このあと、坂道に豆腐屋や納豆売り、しじみ売りなどの触売《ふれうり》の声がながれ、日の出を迎えてあちこちから朝の煙が立ちのぼり、町は動き始める。

「おうおう、きょうも稼いで行きねえ」

李之助も声をかけ、街道に出て大きく伸びをした。まもなくそこに品川宿のほうへ、また高輪大木戸のほうへと向かう旅姿の人々が行き交う。

（さあて、来るか）

李之助は胸中に念じ、

「来《こ》よ」

声に出した。

佐伯屋敷の中間《ちゅうげん》、左右太《そうた》である。


おなじ時刻におなじことを、浪打の仙左も念じていた。

昨夜、門前町の木戸番小屋を出てから車町《くるまちょう》の二本松の棲《す》み処《か》に帰り着くまで、これほど緊張した道中はなかった。ふところには金無垢《きんむく》のお宝というより、露顕《ばれ》れば首が飛ぶ品が入っていたのだ。

棲み処に着き、裏手の板塀の勝手戸を入ると、賭場《とば》に灯りがあり、丁半の声も聞こえて来る。李之助に言われたとおり、暗い中を手探りで、廃材や修理まえの大八車が無造作に積まれている下に、房紐付きの布袋を忍ばせた。

丁半の部屋に戻ってからも、落ち着かなかった。見つかってはならない品を外に置いているのだ。

賭場が閉《ひ》けて客は帰り、身内の者たちと雑魚寝《ざこね》になってからも、外に出てそこにあるのを確かめたい衝動に駆られたが、堪《こら》えた。

朝早く、李之助が門前町の木戸を開けようとしている時分である。誰よりも早く起き出した。裏庭に出た。

(ない!)

思ったのは瞬時だった。鄭重に隠したせいか、ざっと見ただけでは分からなかったのだ。

そのままにし、幾度か大きく伸びをして部屋に戻った。

開帳していないとき、板敷は仙左の部屋となるのだが、昨夜は丁半が閉《は》ねてから嘉助、耕助、蓑助がそのまま雑魚寝したのだった。

部屋に戻ると、三人は起きていたがまだ眠い目をこすっていた。

「兄イ、もっと寝ててくだせえよ」

「なあに、ちょいと気分転換に外へ出ただけさ。それよりもきょう……」

嘉助が言ったのへ仙左が返すと、

「分かってまさあ。田町の佐伯屋敷でやしょう」

すかさず蓑助が応えた。仙左や木戸番の杢之助から頼みごとをされたのが、ことさら嬉しいようだ。

三人が身支度をととのえ、仕事に出たのもいつもより早かった。

二本松の玄関前で見送った仙左も、

「俺も大木戸のあたりに出ているから、お屋敷への言付け、ようすを報せてくんねえ」

と、着物を尻端折に手拭いの頬かぶりで、竹籠を背にしていた。

親方の丑蔵も玄関先まで出て来て、

「おっ、仙左。おめえもきょうは朝から仕事に出るかい。門前町への丁半の拡張を断念したのも、どうやら本物のようだな」

「へへ、親方。まあ、ちょいとした気の迷いで、二本松の名を貶《おとし》めていたようで、すまんことでやした」

仙左は頬かぶりの頭をぴょこりと下げた。

三人の若い衆を見送り、他の若い衆も竹籠を背に町へ出て、玄関前は丑蔵と仙左の二人になっている。

陽はすでに水平線を離れている。

玄関先で、丑蔵と仙左は立ち話のかたちになった。

「ま、ここでの丁半も、ほどほどにならな」

仙左には嬉しい言葉だが、

「へえ、まあ」

あいまいな返答だった。

仙左にすれば、賭場の開帳は薩州蔵屋敷や佐伯屋敷の中間を呼び込むための網《あみ》だった。だが左右太が木戸番小屋に直接訪《おとな》いを入れたことから、その必要はなくなった。

丑蔵は当初、賭場の開帳にいい顔はしなかったが、いまは寛容になっている。賭場が門前町に移れば別だが、車町の二本松で開帳している分には、客筋は荷運び人足が中心で、盆茣蓙《ぼんござ》には一文銭か四文銭がジャラジャラと動くだけで、金や銀の小粒が光沢を放つことはない。せいぜい手慰《てなぐさ》みで小博奕《こばくち》の域を出ない。人足たちはそれを楽しみにこそすれ、身を持ち崩すような者もいない。

（この町の人足たちにゃ、いい息抜きになっているのかも知れねえ）

と、思いはじめていたのだ。だから仙左の自儘《じまま》な毎日にも、算盤《そろばん》を器用にはじけることも合わせ、寛容に接しているのだ。

「きのうは遅くまで、門前町のちょっと変わった番太さんと、一杯《いっぺえ》引っかけながら話し込んでいたそうだが、きょうは感心だぜ。朝から頬かぶりで竹籠を背負《しょ》ってるなんざ」

となり町の木戸番人と話し込んでいても、なにを話していたなどと丑蔵は訊かないし、気にもしない。そういうところを仙左は気に入り、二本松から離れない理由にもなっていた。

「まあ、町のお人らに喜んでもらえるのが、この仕事のおもしれえところでさあ」

仙左は挟み棒に音を立てながら、若い衆たちのあとを追った。

足は街道に向かい、人のながれに乗って大木戸のほうへ向いた。

（お貸元、じゃねえ。親方、すまねえ）

なぜか仙左は胸中《きょうちゅう》に詫《わ》びた。

自身の命も危《あや》うくなり、世間を騒がせ薩摩藩を揺るがすかも知れない重大事に、いま自分が係り合っているのを伏せていることへの詫びである。

（したが親方。小判の数枚もありゃあ、いまの棲《す》み処《か》、じゅうぶんに改装できやす

ぜ。それをあっしが、へへ)
胸中に念じた。
仙左は大木戸あたりで牛糞や馬糞を拾いながら、蓑助の報告を待つ算段だ。
蓑助はイの一番に佐伯屋敷へ向かうはずだ。その足はもう田町に入り、屋敷に近づいているかも知れない。

杢之助は木戸番小屋で、駕籠溜《かごだま》りからつぎつぎと出る駕籠舁きたちに、

「さあ、きょうも稼いできなせえ」

声をかけ、見送った。とくに権助駕籠には、

「きょうも田町のほう、ながすかね」

つい訊いたのは、念頭の大半を〝佐伯屋敷〟が占めていたからだろう。

「いや、きょうは品川だ」

「お迎えを頼まれていてなあ」

前棒の権十に後棒の助八がつなぎ、街道へ出て行った。

向かいの日向亭も雨戸を開け、女中が縁台を外に出しはじめた。

すり切れ畳に一人あぐら居になった。

（さあ、待ってるぜ）

胸中につぶやいた。

「ハアックション」

田町に足を入れ、ひとつ大きくくしゃみをしたのは蓑助だった。

おなじ田町でも、嘉助と耕助は大木戸を入るとすぐ、それぞれ別の枝道に入って行った。

佐伯屋敷の裏手で、出て来た中間は果たして左右太だった。

「いよう、どうしたい。おかげでこのあたり、夜更けてから歩いても、嫌なものを踏まずにすんで助かってるぜ」

と、笑顔の左右太に、蓑助は語りかけた。

「泉岳寺門前町の木戸番さんの言付けを持って来やした。きのう夕刻に近い時分でやしたが、向かいの茶店でひと息入れていると、木戸番さんが出て来て……」

その言葉に左右太は、笑顔からたちまち真剣な表情になり、

「知ってるぜ、あそこの木戸番。言付けって、俺にかい。屋敷《うち》の旦那は木戸の番太なんざ、直接知りなさらねえからなあ。聞こう、俺が」

打てば響くような反応に、蓑助はいささか戸惑い、

（俺って、そんな大事《でえじ》な言付けを持って来たのかい）

と、いくらか誇《ほこ》らしい気分にもなり、

「あそこの木戸番さん、おめえさんの探しものに心当たりがあるから、暇な時にでも来なせえ……と。なんなんでえ、その探しものってのは？」

「ん？　あの番太さん、中身は言わなかったのかい」

左右太は安堵というより満足げに返し、

「ほかに言っていたことはねえかい」

「べつに。ただ〝それらしいお人に心当たりが〟と、だけだった。なんだか知らねえが、大事《でえじ》そうじゃねえか。そうなんですかい」

「まあな。おめえがそこまで気にするこたあねえ。ともかく、ありがとうよ。お礼はまたすらあ」

左右太は返すと裏門の中に駈け込んだ。

一人裏手の狭い枝道に残された蓑助は、

（わあ、やはり大事そうな……）

閉じられた裏門をしばし見つめ、

「おっと、こうしちゃいられねえ」

低く声に出し、きびすを返すなり、おもての街道に速足になった。

頬かぶりに竹籠の男が街道を走ったのでは、往来人は道を開けてふり向き、

「どこでなにが起きた！」

と、やじ馬根性から一緒に走り出しかねない。

（それじゃ困らあ）

勝手に念じ、走らない程度に足を速めた。

仙左兄イが大木戸の広小路で、成果を待っているはずだ。

いた。街道で頬かぶりに竹籠だから、すぐに分かる。

「おおう」

と、牛馬糞拾いが二人、路傍《ろぼう》で立ち話のかたちになる。

往来人でそれを避ける者はいても、近寄って来たりする者はいない。

息せき切っていることもあろうか、蓑助はいくらか興奮気味に言付けを伝えたことを話し、左右太が急ぐように屋敷の中へ駈け戻ったことも語った。

「ほう」

仙左は満足げに応え、まだ空《から》のままの竹籠を押し上げる仕草をし、

「朝一番によう伝えてくれた。あとはきょうも一日、精出して働きねえ」

言うなりきびすを返した。

言付けの重要性を、仙左は存分に知っているのだ。

「へえ」

揺れる竹籠の背を蓑助は、満足げに見送った。

大木戸の石垣を過ぎれば、街道は海浜に沿い潮風をまともに受ける。

(いよいよだぜ)

大股に歩を進めながら念じ、視線を沖合にながした。遠くに近くに大小の帆が揺らぎ、櫓《ろ》漕《こ》ぎの艀《はしけ》も随所に動いている。

日向亭の縁台に、参詣人らしい男女の客が数人、座っている。

仙左は木戸番小屋の前に立った。

二

頬かぶりの手拭いを外し、背の竹籠を脇に置き、腰高障子に手をかけようとしたところへ、

「入《へえ》んねえ」

中からの声が仙左を迎えた。

仙左は腰高障子に音を立て、

「さすがは杢之助さん。こたびも影だけであっしと分かりやしたかい」

言いながら敷居をまたぎ、うしろ手で障子戸を閉めた。

「事がうまく行けば、来るのはこの時分かと見当をつけていたのよ」

「恐れ入りやす。その、うまく行ったほうでして」

仙左は杢之助の手に従い、すり切れ畳に腰を据え、上体を杢之助のほうへねじった。

それを待っていたように杢之助は言う。

「うまく行ったのならなおさらだ。きのうみてえに畳に上がってゆっくり話し込むことはできねえ。そのまま話してくんねえ。さあ、蓑助は朝一番で田町の佐伯屋敷の裏門を叩いたかい」

「さようで……」

仙左は蓑助の話を、語ったときのようすまで詳しく話した。そのときの左右太のようすも、正確に杢之助に伝わった。

「ほう。あの中間、急ぐように奥へ駈け込んだかい。あるじの太郎左衛門の名を叫んでいたかも知れねえなあ」

「おそらく」

「だったらおめえ、なおさらここでゆっくりできねえぜ。中間の左右太が母屋に駈け込んだときのようすを想像してみねえ」

「へえ、分かっておりやすよ。左右太め、李之助さんがどこかの窩主買《けいずがい》にわたりをつけたようだ、とあるじに話したはずでさあ」

「そういうことだ。ならばあるじ太郎左衛門さまは、左右太にどう命じる」

「半年も手さぐりで探索してきた末でさあ。すぐ門前町の木戸番小屋に行って確かめて来い、と」

「そう、来るぜ。左右太が間もなく此処《ここ》へなあ」

「あっしはどうしやしょう」

仙左は落ち着かないようすを見せた。

李之助は言う。

「向かいの縁台はまずい。顔を覚えられるかも知れねえからなあ。かといって暖簾の内側から見ているわけにもいくめえ。日向亭のお人らが、みょうに思うだろうからなあ。おめえ、いい小道具を持っているじゃねえか。さっき肩から外した……」

「あ、なるほど。そうしやす。そのあと、ころあいをみて……」

「そうしてくんねえ。儂《わし》もやっこさんと顔を合わせてちゃよくねえんだが、動くのは儂とおめえの二人だけだ。贅沢《ぜいたく》は言えねえ」

「さようで。さっそくあっしは」

仙左は下ろしたばかりの腰を上げ、

「わくわくしやすぜ。あっしも贅沢は言わねえ。あの物騒な品が、山吹色《やまぶきいろ》の幾枚かに化けてくれりゃあ、もう御《おん》の字《じ》でさあ」

弾《はず》んだ声で言い、外に出た。

閉めた腰高障子に、仙左がまた頬かぶりをし、竹籠を背負う影が映る。

向かいから若い女中の声だ。

「あーら、仙左さん。きょうはこの近くでお仕事？」

「おう、街道筋をなあ」

仙左が返し、影は腰高障子から遠ざかった。

「うむ」

杢之助は誰にともなくうなずいた。このとき自分でも驚くほどに、仙左と呼吸が合っていたのだ。杢之助の思うところは仙左の思うところでもあり、仙左の想像するところは、李之助も想像していた。

だが、

（いささか、まずいぞ）

思えてくる。仙左は〝山吹色の幾枚かに〟などと言っていた。

（儂の策がうまく行き、実際に山吹色が幾枚か手に入り、仙左がさらに欲を出したりすれば……。いかん、いかんぞ）

これからの策がうまく行くかどうかより、李之助にはそのほうが心配だった。

（ともかく、当面のことを……）

李之助はすり切れ畳の上で一人、仙左の閉めて行った腰高障子に視線を向けたまま、脳裡をめぐらした。


日向亭の若い女中に声をかけられ街道に出た仙左は、牛馬糞拾いのいで立ちで、ゆっくりと大木戸のほうへ向かった。手拭いの頬かぶりに笠を着け、しかも顔をうつむけ地面ばかり見て歩いているから、たとえ佐伯太郎左衛門とすれ違っても、それと気づかれることはないだろう。

ときどき顔を上げる。大木戸に近づいたときも、ちょいと顔を上げた。

「おっ」

低く声を洩らし、すぐ馬糞拾いのかたちに戻った。

大木戸の石垣から、中間姿の左右太が出て来たのだ。急ぎ足だ。左右太は仙左の顔を知らず、下を向いて隠す必要はないのだが、念のためである。

すれ違った。

（動き出しやがったな）

仙左は石垣近くの海岸べりの草地に腰を下ろした。

左右太の目的は、杢之助がほんとうに窩主買を知っているかどうかを確かめることである。話し込んだとしても、そう長くはかからないだろう。左右太が門前町から戻って来るのをやり過ごし、それから木戸番小屋へ急ぐ算段だ。そのとき杢之助から、策についての具体的な指図が出るはずだ。

（いよいよだぜ）

思いながら、草むらに小休止でもするように腰を据えた。波の音に逆らうように、心ノ臓が高鳴っている。

腰高障子に映った影に、

（来たな）

待っていたせいもあろう、李之助は直感した。のぞいた顔が、訪《おとな》いの声よりもさきに障子戸が音を立て、

「拾《ひろ》い屋《や》から聞いたぜ、馬糞の」

気が急《せ》いているようだ。馬糞や牛糞拾いに決まった仕事名はなく、〝掃除屋《そうじや》〟と呼ばれることもあるが、〝拾い屋〟もその一つだ。それでは他の仕事と間違いやすいので、わざわざ〝馬糞の〟と、つけ加えた。このことからも左右太という中間が、いい加減なところなどなく、何事も几帳面《きちょうめん》な性格であることを物語っていようか。下働きの中間とはいえ、あるじの太郎左衛門から目をかけられているだけのことはある。そこにまず李之助は、

「ふむ」

うなずきを入れ、

「なんでえ藪《やぶ》から棒《ぼう》に戸を開けやがってよ。ああ、そうか。拾い屋から聞いたと言ったなあ。あの若い者《の》か。あやつにゃおめえさんの尋ね人を、窩主買《けいずがい》とは言っちゃいねえ。ま、そんな危ねえお人らと係り合っているなんざ、おもてにできねえからなあ」

聞きながら左右太は、しきりにうなずきを入れている。

　李之助はさらに、

「おめえ、ほんとにその話で来たのかい」

「え？」

　首をかしげる左右太へさらに、

「それにしちゃあ、不用心だなあ。障子戸、開けっぱなしだ。誰がどこからどう見ているか知れたもんじゃねえぜ」

「あっ」

　左右太はまた声を上げ、

「これはどうも。気がつきやせんで」

　左右太は三和土に立ったまま、ふり返って腰高障子にふたたび音を立てた。左右太にすれば、あるじの太郎左衛門にせっつかれて気が急いているのだ。早口で声も大きくなっていたのに対し、李之助は押し殺した口調になっている。これから秘密の話をするのに、左右太は李之助に一本取られると同時に、李之助がじゅうぶん話し相手になる人物だと認識した。

　話は李之助の主導となって進んだ。

「そんなとこへ突っ立ってたんじゃ話もできねえ。ま、腰を下ろしねえ」

腰を奥へ引き、すり切れ畳を手で示した。すでに、杢之助の策は動いている。

左右太は言われ、

「こりゃあどうも」

畳に腰を据え、上体を杢之助のほうへねじり、

「ということは、あの拾い屋への言付けはやはり、窩主買のことでやすな。知り人のなかにいやしたので？」

「いた。きのうはあまり唐突だったもんで、とっさに思いつかなかったのよ。それにあんなのは、世間に隠れた仕事だ。知っていても、そう右から左へと話せるもんじゃねえからなあ」

「もっともで。それをわざわざ言付けを立ててくれたのはありがてえぜ。屋敷《うち》の旦那もそこに留意しなすってたなあ。その遣《つか》いでおれが来たってことよ。さあ、知っている窩主買ってのは、どこへ行きゃ会える」

「それは言えねえ」

「なんだと。だったらあの拾い屋への言付けはなんだったんでえ」

左右太は威嚇《いかく》するように肩を揺らし、上体を前にかたむけた。

杢之助は悠然と構え、

「さっきも言ったろう。窩主買なんてのは世間に隠れた仕事だって」

「ああ」

「つまりだ、直接引き合わすことはできねえってことさ。そこを儂が仲立ちしてもいいってことよ。おめえさん、武家屋敷の奉公人でも、お中間さんなら聞いちゃいねえかい。町の木戸番小屋ってのは、町々のいろんなうわさが集まり、また報せ役にもなるってことをよ」

左右太はこれまでの探索から、そこには気づいている。

「知ってるぜ。だからこうして俺が此処《ここ》へ来たんじゃねえか」

「だったら話は早《はえ》え。用があるのはおめえじゃのうて、お屋敷の旦那だな。おめえさっき、その遣いで来たって言ったぜ」

「そ、そりゃあ……」

「遠慮するねえ。おめえの旦那の用ってのはなんなんだい。売りてえ品があるのかい、それとも買い取りてえ物でも？」

「それは……、その」

言い渋る左右太に杢之助はかぶせる。

「窩主買を探してるってえことは、そのどっちかしかねえぜ。とくにお武家がそういうのを探すってのは、理由は一つしかねえ。例えばよ、伝家《でんか》の刀か香炉《こうろ》が盗難に遭い、それが拝領物でおもてになりゃあ出世どころか、お家の存続にも関わりかねねえ。場合によっちゃ、切腹にも、よ」

左右太は上体をねじったまま、話す杢之助を凝《じ》っと見つめている。まさしくいま佐伯家に降りかかっている災難を、杢之助は語っているのだ。

「そこでお家じゃ、秘かに探索の手を町中《まちなか》に出す。一軒一軒古物屋を当たるなんざ愚の骨頂《こっちょう》だ。一番手っ取り早いのがほれ、おめえさんが儂に訊きなすった窩主買だわさ。どうでえ、違うかい」

「…………」

問われて無言は、肯是《こうぜ》の印《しるし》である。もっとも杢之助は件《くだん》の金無垢の延べ板を念頭に話しているのだから、左右太にすればどんぴしゃりを突かれ、絶句する以外にない。

杢之助はさらに、左右太の心理を読みながらつづけた。

「窩主買はなあ、ご法度《はっと》の道を踏んでいるから、おもてには出ねえ。だから仲間内での横のつながりが強い。一人の窩主買に話を持ち込めば、たちどころにその品がいまどこにあるかがわかる。それから値の交渉になる。人の手を幾人か経《へ》ることになるから、けっこう割高にならあ。もちろん品がなんであるかによって、値は上下するがなあ」

ひと息入れ、

「どうでえ、品がなんであるか、その形状もわかりゃあ、儂が訊き込んでやってもいいぜ。おっと、いま答える必要はねえ。お屋敷に帰《けえ》って、旦那に相談しねえ。もっとも、儂が信用できねえってんならそれまでだが」

「…………」

杢之助は左右太を見つめ、数呼吸の沈黙がながれた。

左右太は視線を杢之助に合わせたまま言った。

「ここの木戸番は、そんなこともやってるのかい」

「いいや。たまたまだ。おめえさんがそんな話を持って来たからなあ。儂はここに入《へえ》ってまだ日は浅いが、なにぶん泉岳寺さんのご門前だ。入るめえからいろいろと聞いていたぜ。どこかのお寺さんの秘仏がどうの、四十七士の遺品がどうのとかってなあ。まあ、どの話も罰当《ばちあ》たりにゃ違《ちげ》えねえがな」

「そうかい」

左右太は前にかたむけていた上体をいくらか戻し、

「おぼろげだが、道筋は見えてきたぜ。まあ、きょうはこれで帰《けえ》らせてもらわあ。きょうあすにも、また来させてもらうことになるかもしれねえ。それまで……、分かっていましょうなあ」

来たときとは違い、落ち着いた口調になっていた。確かめるような視線を杢之助に向けた。

「むろん」

杢之助もおなじような目を、左右太に返した。

これが武士なら、互いに刀の鍔《つば》を打ち合わせる金打《きんちょう》を交わすところだが、

(この件、口外無用)

目で確認し合っているのだ。

二人は視線を合わせたまま、無言のうなずきを交わした。

三

陽が中天にかかるには、まだいくらか間のある時分である。

大木戸の石垣近くの草むらで、

「ほっ」

仙左は小さく声を洩らした。

街道のながれのなかに、来た道を返す左右太の姿を確認したのだ。腕を組みいくらか前かがみになり、大股で歩を進めている。

（あのようす）

明らかに急ぎの用を持った証《あかし》である。

大木戸の石垣に吸い込まれるその姿を目で見送ると、

「よしっ」

仙左は勢いよく腰を上げ、ふたたび街道に出た。

（木戸番小屋での話は、どんなところへ落ち着きやがった）

思いながら、急ぎ足になる。

「あーら。仙左さん、きょうはいったい」

日向亭の女中がまた声をかける。

「おう、野暮用《やぼよう》、野暮用」

仙左は急ぎ足のまま返し、こんどは杢之助の声より早く腰高障子を開け、三和土に立った。

「お、竹籠、背負ったままだぜ」

「あ、いけねえ」

仙左は慌てて背から外し、外に出して腰高障子を閉めた。竹籠は木戸番小屋の前に鎮座するかたちになったが、きょうはまだ挟み棒を使っていないのがさいわいだった。

「見たかい。左右太め、急いでたろう」

「ああ、大股でさあ。で、どんな話になりやしたい」

仙左はすり切れ畳に腰を落としながら、早くも杢之助のほうへ上体をねじっていた。こんどは最初から押し殺した声になっている。

「図星だったぜ」

と、杢之助はさきほどの左右太とのやりとりを詳しく語った。その喋り口調は、まるで仲間に状況を説明するようであった。実際いまは仲間だ。しかも、仲間はこの二人だけである。

仙左は言う。

「するってえと、左右太はきょう中にもまたここへ来るかも知れねえ、と？」

「おそらく。お屋敷の佐伯太郎左衛門さまとか、手掛かりを得られるかも知れないとあっては、ますます焦《あせ》る気持ちが強くなるはずだ」

「当人が、直接来る？」

「それはあるまい。いままで半年、焦りながらも左右太を使嗾《しそう》して来たんだから、最後になって自分がおもてに出るなんてヘマはすまいよ」

「たぶん。あのお方、慎重さもありなさるようだから」

仙左は杢之助の考えを肯是《こうぜ》し、

「ところで杢之助さん、さっきから話を聞いておりやすと、木戸番稼業をやりながら、ほんとうに窩主買の人を知ってなさるので？」

上体をねじったまま、杢之助の顔をまたのぞき込んだ。中間の左右太がすっかり信じ込んだように、杢之助の話し方がきわめて自然だったのだ。

「ふふふ、仙左どんよ。おめえさんまで信じたんじゃ困るぜ」

杢之助はさらに声を落として、

「儂がそんな危ねえ稼業のお人を知るわけねえだろう」

「そんなら、はったりで？　さすが杢之助さんだ。いまごろ左右太め、屋敷で太郎左衛門さまに話していやしょう。手がかりをつかんだって、真剣な眼差《まなざ》しで」

「そういうことだ。それでおめえ、それをどう踏む」

「そりゃあ太郎左衛門さま、焦っていなさろうから、左右太に〝その木戸番を通じてもよい。早急にあの品の所在を確かめ、具体的な交渉に入れ！〟と、そうなりやしょう。それに……」

「それに？　なんだ。言ってみろ」

「その、まあ、おそらく……」

「おそらく？　焦《じ》れってえぜ」

杢之助には、仙左がなにを言おうとしているか分かっていた。それをこの場で言わせ、あらためて諫《いさ》めようと思っているのだ。

言いにくそうに仙左は言った。

「つまり、金に糸目はつけねえ……と」

仙左はできるだけ多くの額を、吹っ掛けてくれと言っているのだ。まだ、あの延べ板から多額の〝保管料〟をせしめる欲から抜けきっていない。杢之助の〝おそらく〟は、佐伯屋敷の出方と、もう一つ、仙左の欲に対しての予測があったのだ。

言った。

「つぎに左右太が来たときにゃ、その話も出ようよ。もちろんこっちからも額は提示するさ。欲のためじゃねえ。こたびの切支丹《きりしたん》に係り合う一件を、なかったことにするためだ」

「へ、へえ」

元はといえば、仙左が蒔《ま》いた種なのだ。恐縮するように返した。

杢之助はつづけた。

「それになあ、こんな話、金銭での取引となりゃあ、向こうさんもそれだけ安心するだろうからさ」

「でやすから、どのくれえ……」

「おめえ、まだ欲を捨て切ってぃねえな。つまりだ、二つ返事で呑める額だ。無茶な額を示してみねえ。向こうは刀を持った侍《さむれえ》だ。破れかぶれになってみろい。ただでさえ危《あぶ》ねえ橋を渡ろうってんだ。踏み外しておもてになってみろい。なにもかも終わりだぜ。おめえ、品川宿の先の鈴ケ森《すずがもり》で、磔刑《はりつけ》になって首を獄門台にさらされてえかい」

「と、とんでもございません。ぶるるる」

仙左は上体をねじったまま、手の平を顔の前でひらひらと振り、肩を震わせた。

「だからよう、こっちから示す額は、向こうさんが呑める額にしなきゃ、この話は危ねえものになるのよ。向こうにみょうな気を起こさせねえためにな」

「だったら、どのくれえ。杢之助さん、まえに十両とおっしゃっていやしたぜ」

「ああ、言った。そのくれえなら向こうさん、右から左へと用意しなさろうよ」

「ちょっと待ってくんねえ。あっしが十両、杢之助さんも十両とすりゃあ、二十両吹っ掛けなきゃなりやせんぜ」

仙左は上体を前にかたむけて言った。

「なにをぬかしやがる。十両でも多すぎるくれえだ。二十両となりゃあ、向こうさん刀を抜くぜ」

「そんなら、十両吹っ掛けて、それを折半《せっぱん》にすりゃあ五両。そりゃあ待ってくだせえ。品はあっしが手に入れ、あっしが保管してるんですぜ。七三《ななさん》で……。あっしが七両で、杢之助さんが三両……」

仙左は上目遣いに杢之助を見た。

「馬鹿野郎」

杢之助は押し殺した声を絞り出した。

「誰が折半だの、七三だのと言ったい」

「だってよ、この仕事、二人でやるんじゃねえんですかい。杢之助さんがそのように……」

「ああ、言った。おめえと二人掛かりでな。ほかに助《すけ》っ人《と》は入れねえ」

「だからというて……、せめて六四《ろくよん》でどうですかい。その逆は困りやすぜ。あの品は、いまもあっしが手中にしてるんですぜ」

「そうかい」

李之助は言うと大きく息を吸い、

「七三だの六四だのと、逆は嫌だあ？　十両ともそっくりおめえにくれてやるぜ」

「えっ、ええ？　李之助さん、あっしを喜ばせ、まさかあとでバッサリ……。李之助さんが此処《ここ》へ入《へえ》りなすった日、ちょうどあっしが嘉助ら三人に、門竹庵の旦那に荒稼ぎを仕掛けさせたときでさあ」

仙左はふたたび上目遣いになり、

「まわりのお人らは気づかなかったようでやすが、あっしは見てたんですぜ。李之助さん、あのとき転んだんじゃねえ。背を地につけ、自在に足技を繰り出しやすいように……。図星でやしょ。そのお歳で瞬時に若え嘉助らの動きを封じなすった。ありゃあ尋常の技《わざ》じゃねえ。だからあっしはこうして、李之助さんを差配《さはい》に、なにもかも打ち明けたんですぜ」

「だったらおめえ、もう一歩前へ進んでみねえ。儂が十両欲《ほ》しゅうておめえをけしかけているように見えるかい。もし儂が欲を出したんなら、あの品で佐伯家じゃのうて、薩摩藩のほうを揺さぶらあ。そうすりゃあ、千両にも二千両にもならあよ」

「そ、そんなに！」

「ああ。もし儂が十両を独《ひと》り占《じ》めにしようと目論《もくろ》んでいたなら、わざわざ十両全部やるなどと、みょうなことを口にするかい」

「そ、そういやあ、そうだが。だったら杢之助さん、いってえなんのために、こんな危ねえ橋を……」

「そこよ。あの金無垢を見せられたときゃあ、腰が抜けるほど驚いたぜ。なにしろご禁制もご禁制の切支丹が、いきなり飛び出てきやがったんだからなあ。めえにも言ったろう。欲を出して下手《へた》を打ちゃあ……。もう言うまいよ。儂もおめえも獄門台だからなあ」

「だったらなんで、この話に足を踏み入れなすった。もう、杢之助さん、あっしと一蓮托生《いちれんたくしょう》ですぜ」

「おめえがあの品を、此処へ持って来たときからなあ。もう巻き込まれてしまってらあ。おめえには分からねえかも知れねえが、これからさき枕を高《たこ》うして眠るにゃ、あんな物《ぶつ》など端《はな》からなかったことにする以外《いげえ》にねえ。だから、そうしようとしているのさ」

「それで、おなじ山吹色《やまぶきいろ》でも、小判に化けたものはいらねえ……と？　分からねえ、そんなお人好《ひとよ》しなこと」

「なにがお人好しなもんかい。儂ら、命がかかってんだぜ。その火の粉を払うだけよ。命を賭《か》けてなあ。十両を取るってのは、さっきも言ったろう。向こうさんを安心させてやるためさ」

「そう、そういうことですかい。すまねえ、あっしがあんなのを持ち込んだばっかりに」

「だからおめえ、欲を出しゃあ失策《しくじ》るだけさ」

「へえ」

仙左は神妙な顔つきになり、視線をすり切れ畳に落とした。

杢之助はつづけた。

「で、あの物《ぶつ》は大丈夫《でえじょうぶ》だろうなあ」

「へえ。昨夜、杢之助さんに言われやしたとおり、裏庭の資材捨て場の下へさりげなく」

「それでよし。てめえの部屋の天井裏《てんじょううら》や床下《ゆかした》に隠すなんざ愚の骨頂だ。外に隠せただけでも、それだけ度胸が据《す》わってきた証《あかし》だ。頼りにしてるぜ」

「へ、へえ」

「それで、これからの段取《だんどり》だが」

「そいつでさあ、あっしもいま考《かんげ》えやした。太郎左衛門さまはきっといまからすぐ泉岳寺へ引き返し、具体的に買取りの話を詰めてこい、と。それに、金に糸目はつけねえ……とも。あっ、いけねえ。金の話なんざ。でも、もったいねえ。千両にも二千両にもなるものを」

「ふふふ、まだ言ってるかい。ま、無理もねえ。確かにそれだけの価値はあろうからなあ。ともかくだ、やっこさん、きょう中にまた来るぜ。さっきおめえが言ったような話を持ってよ」

「ほっ、そりゃあいけねえ。あっしゃ、あやつに面《つら》を知られちゃいねえ。ここで鉢《はち》合《あ》わせになっちゃまずい。暗くなってからでも、また来やすぜ」

急ぐようにすり切れ畳から腰を上げた仙左に、

「それまで車町あたりで時間をつぶしているあいだになあ、どこかで小舟を一艘、借りられるよう話をつけておけ。おめえが見て、漕ぎやすそうなのをな。沖に漕ぎ出すのは、きょうはもう無理だ。あしたかあさってになろうよ」

「いよいよでやすね」

仙左は緊張を刷《は》いた表情で返し、外に出た。

腰高障子を外から閉め、頬かぶりをして置いてあった竹籠を背負う影が障子戸に映った。

杢之助は念じた。

(その姿が一番尊《とうと》いんだぜ。山吹色に目が眩《くら》んだんじゃ足元が狂い、道を踏み外すだけだ)

やはり仙左は、過《す》ぎた欲を捨てきれていないようだ。これからの策の遂行で、それが最大の懸念材料かも知れない。

頬かぶりに竹籠を背負った影が遠ざかった。

西の空に陽はまだ高い。佐伯屋敷に焦りがあるなら、左右太がふたたび門前町に足を運ぶことになるはずだ。時間的な余裕はまだある。

四

仙左は竹籠を背負ったまま、忙しかった。車町は荷運び屋ばかりではない。海浜の町であれば、当然漁師も住んでいる。

このときばかりは、二本松での小博奕《こばくち》の開帳が役に立った。二本松の賭場は、阿《あ》漕《こぎ》な真似はしていない。手ごろな遊びの場を提供しているだけだった。場を仕切る仙左の評判も悪くない。

その仙左が訪《おとな》いを入れれば、

「ほっ、今夜もこれ、あるのかい」

と、壺を開ける手つきをする者もいる。

だが、用件は違った。

「ちょいと夜釣《よづ》りをやってみてえと思ってよ」

漁師たちは仙左がかつて弁才船《べざいせん》に乗っていたことを聞いており、艀《はしけ》も器用に漕ぐことも知っている。あすになるかあさってになるか分からないが、釣り舟を一艘、夕刻近くの時間切りで調達するのは困難ではなかった。

それを済ませると、その身は大木戸近くの海浜の草むらにあった。午前《ひるまえ》に身を置いた場所からすこし離れた所だった。石垣を出て品川方向に歩を取る者には、死角となる位置だ。

さきほどの杢之助との談合と釣り舟を借りる算段で、かなりの時間を取っている。わきに竹籠を置いてからすぐだった。

「ほっ」

首を伸ばした。

往来人のなかに、大股でさきを急ぐ中間姿が目に入った。左右太だ。表情までは見えないが、おそらく緊張に包まれていることだろう。考えこむように腕を組みいくらか前かがみの姿勢で、懸命に歩を進めている。

「太郎左衛門さまと、相当深刻な話をしたな。それをこれから杢之助さんに……」

つぶやき、腰を上げ竹籠を背負った。竹籠の中は、なおも空《から》だった。だが、

（きょうは、朝から忙しかったわい）

その充実感がある。

陽は西の空にかなり低くなっているが、沈むまでにはまだ間がある。

多忙は、まだつづいているのだ。

頬かぶりに竹籠を背負い、挟み棒を手にして街道に出た足は、すぐ枝道に入り二本松のねぐらに向かった。小ざっぱりとした遊び人姿に着替えるのだ。

裏手の板塀の勝手口を入り、さりげなく物《ぶつ》のあるのを目で確認し、また外に出てふり返った。やはり、金無垢を外に置いているのが気になる。杢之助に言われた隠し場所だが、そのようなところにさりげなく隠すなど、度胸のいることだ。

「おっと、提灯だ」

ふところにあるのを確かめた。まだ陽は落ちていないが、帰りは昨夜とおなじ時分になろうか。夜目が利くといっても、灯りがあるに越したことはない。

町場を抜け、ふたたび街道に出た。この時分、旅人も荷運び人足たちも、陽のあるうちにと急ぎ足になり、街道はそれだけ慌ただしさを感じる。嘉助たちと出会わなかったのはさいわいだった。さっぱりした格好で出かければ行き先を訊かれるだろう。三人を、策の駒に駆り出すわけにはいかないのだ。

腰高障子の前をさりげなく過ぎ、中の気配を探った。

(よし、左右太はもう帰《けえ》ったようだな)

数歩過ぎてから引き返し、腰高障子にまた影を映した。

「入《へえ》んねえ」

李之助の声だ。

入った。

「上がんねえ」

じっくりと話し込む算段のようだ。

「へいっ。提灯は持ってめえりやしたから」

じっくり聞きやしょうとの意思表示だ。

すり切れ畳の上で、二人は差し向かいにあぐらを組んだ。

話は進んでいた。

李之助は言う。

「向こうさん、十両に驚いてやがった。儂の顔をまじまじと見てなあ、首をかしげやがった」

「どういう意味で？」

「いまそれを持っている窩主買さ、品物の価値や危《あや》うさが分かっちゃいねえんじゃねえかといった顔つきでなあ」

「李之助さんはなんと？　千両、二千両の品なら、その場で倍に吊り上げても、たかが二十両ですぜ」

「馬鹿野郎。競《せ》りの交渉をしてんじゃねえぞ。問題は、いつ、どこで、どうやってすんなりと向こうさんに引き取ってもらうかだ。つまり、おめえのやらかしたことの尻ぬぐいさ」

「へ、へえ」

仙左は恐縮した素振りを見せたが、やはり残念そうな色合いは隠せなかった。

杢之助は話を進めた。

「中間の左右太め、いま物《ぶつ》を持っている窩主買が、おめえとおなじように、あの像を〝手拭いをふわりとかぶった観音さん〟だ、と思い込んでいると解釈したようだ。それでも金無垢の延べ板に十両は安い。儂もまだ品物を見ておらず、まったくの仲介人を装《よそ》おわせてもらったぜ。左右太とはもう幾度も会ったことになるが、やつのあんな満足そうな笑顔を見るのは、さっきが初めてだったぜ。これから屋敷に戻ってあるじに報告し、ことさらに褒《ほ》めてもらっているところを想像したような、そんな面をしてやがった」

「で、受け渡しは？　舟の手配はできておりやすぜ。あしたでも、あさってでも。杢之助さんの指示どおり、夕刻に近《ちけ》え時分に」

「よし、さすが元弁才船の船方衆だ。頼りにしてるぜ」

「くすぐってえですぜ。で、舟を漕ぐのはいつでやす」

「あしただ」

「へいっ」

ここ数日で、木戸番小屋に最も鋭い緊張の糸が張られた瞬間だった。

「おっと、お向かいさんから火種《ひだね》をもらってくらあ」

その緊張をほぐすように、杢之助は腰を上げ、油皿を手に外へ出た。陽が落ちたときで、日向亭はちょうど暖簾を下げようとしているところだった。油皿の火を大事そうに持ち帰ると、部屋の中がかすかに明るくなった。

あらためてあぐら居になると、二人ともそろってひと膝まえにすり出た。

ひたいを寄せ合い、声を低める。話はあしたの具体的な内容に入ったのだ。

話はそう長くはなかった。算段はすでに杢之助が立てていた。

中間姿の左右太との話し合いでも、

「——舟なら、わしも漕げますぜ。夜でも、袖ケ浦なら問題ござんせん」

左右太は胸を張って言ったという。

「それはよござんした。あしたもおそらく海は凪《な》いでいやしょうから、袖ケ浦で沖の方にさえ出なきゃ、艀より小《ちい》せえ釣り舟でも、じゅうぶん間に合いまさあ」

仙左も自信ありげに言った。

仙左が満足そうに、油皿の火を持参した提灯に移し、

「それじゃ、あした」

と、帰ったのは、きょう一回目の夜まわりに出るには、まだいくらか間のある時分だった。

杢之助は人気《ひとけ》の絶えた街道まで出て見送った。提灯を持っていなかったらその影はすぐ闇に溶け見えなくなるが、提灯の灯りは角にでも曲がらない限り、いつまでも見えている。

仙左は一度振り返ったようだが、その目には杢之助の影は見えなかったろう。その提灯の動きを見ながら、杢之助の脳裡に、ふと不吉なものが走った。同時に、あの延べ板の価値を〝千両にも二千両にも〟などと言ったのを、

（余計なことを言ってしまったのかも知れねえ）

杢之助はいささか悔《く》いた。

波の音のなかに、提灯の灯りは見えなくなった。

「うーむ」

杢之助は低くうなり、木戸番小屋に戻り、

（いかん、いかんぞ。あしたは伸《の》るか反《そ》るかの大仕事というに）

唯一の仲間に疑念を持っていたのでは、それこそ失策《しくじり》の原因《もと》となる。

その疑念を懸命に打ち消した。

拍子木の紐を首にかけ、油皿の火を提灯に移した。

この町の夜まわりの道順にも、もうすっかり慣れた。

慣れれば、

（儂を住まわせてくれている町）

実感も湧いてくる。

この日、最後の夜まわりをし、街道に面した木戸を閉め、両脇に黒く家々の輪郭《りんかく》だけが視認できる坂道に向かって深く一礼し、

――チョーン
拍子木をひと打ちした。

響きはよかった。

五

　その日、いつもの朝の喧騒《けんそう》を終え、家々に立ち込めていた、味噌汁の香を含んだ煙も立ち消えたころ、

「おう、これから仕事かい。ちょっと待ってくんねえ」

　開けていた腰高障子のすき間から権助駕籠の行くのが見えると、杢之助は急いで三和土におり、下駄をつっかけ外に出た。

　すでに往来人の出ている街道に二人は歩を止め、

「なんでえ」

「さっき会ったばかりだぜ」

　ふり返り、数歩追って来た杢之助に返した。

「すまねえ」

　と、街道で立ち話のかたちになり、

「きょうは日暮れてからの仕事、入《へえ》ってるかい」

「ねえぜ。きょう一日、品川か大木戸で客待ちの仕事にならあ」

「日暮れてからなあ。たぶん、ここに戻って来てらあ」

いつものように角顔で前棒の権十が応えれば、丸顔で後棒の助八がつなぐ。

「それなら、ちょいと頼まれてくんねえかい。儂《わし》ゃあきょう夕刻近くから野暮用《やぼよう》があってなあ、木戸番小屋を留守にしなきゃなんねえのよ。帰《けえ》って来るまで、代わりに二人でここに入《へえ》っていてくんねえか。のどを湿らすのに一升徳利は満たしておかあよ」

「ほっ、ありがてえ。がってん承知だ。なあ相棒」

「いいともよ。なんなら夜の火の用心も、まわっておいてやるぜ」

「ああ、そんなに遅くならねえと思うが、泉岳寺のほうから宵《よい》の五ツ（およそ午後八時）の鐘が響いても帰《けえ》ってなかったら、それも頼まあ」

「がってんで。さあ、相棒」

「おう」

権助駕籠は互いに声をかけ合い、品川宿のほうへ向かった。

街道に面した木戸番小屋の前で杢之助はその背を見送り、

「すまねえ」

低く声に出した。

〝野暮用〟と言っただけで、二人とも〝どこへ〟などと野暮なことは訊かない。この江戸っ子の気風《きっぷ》に、李之助はずいぶん救われている。

あとは木戸番小屋で、波の音のなかに仙左と約束した刻限を待つのみである。

仙左はこの日、二本松で日の出とともに起きると、まっさきに裏庭に出た。伸びをするふりをして、さりげなく壊れた大八車の下に、あの房紐付きの布袋があるのを確認し、部屋に戻った。あとは嘉助ら若い者と一緒に、親方の丑蔵に見送られ街道筋に出る。丑蔵は、仙左の頬かぶりに竹籠を背負ったうしろ姿に、

(これでよし)

うなずきを示した。

近ごろ、悪いうわさはまったく聞かない。もちろん嘉助、耕助、蓑助の三人も同様である。三人の若者は、悪党ではない。誰かが引きずり込まない限り、真っ当な道を歩むだろう。それらのうしろ姿にも丑蔵は、

(仙左にはまだ二本松《うち》の家業を手伝ってもらいてえが、あの三人にはいずれ奉公先を世話してやらねばなあ)

思いはじめている。街道で行き倒れ、二本松に拾われ、江戸府内に奉公先を世話

してもらった若い者は、これまでも少なくないのだ。

仙左と嘉助らはそろって街道に出た。

「おう、おめえら。きょうも大木戸の内側へ行くかい。俺は品川宿のほうをちょいとながしてくらあ」

「あれ、兄イ。きのうまで田町だの薩摩さまだのと言ってたのに、きょうは逆方向ですかい」

仙左が言ったのへ、嘉助が逆問いを入れた。

「ああ、あのあたりはここ二、三日、おめえらがすっかり洗ってくれたから、きょう行っても、持ち帰れるものはあるめえ」

「脇道や路地に入りゃあ、あちこちにありまさあ」

佐伯屋敷で褒められた蓑助が言った。

耕助が、

「あのあたり、きょう行っても持ち帰れるのはねえかも知れねえ」

と、一緒に品川宿に行こうとしたが、

「ちょいと野暮用もあってなあ」

と、仙左は車町の街道で三人と右と左に別れた。

ここでもやはり、三人はその〝野暮用〟の中身は訊かない。日ごろから仙左の影響を受けているようだ。

きのう渡りをつけた舟は、車町の浜辺ではなく、品川の浜に押し上げている釣り舟なのだ。品川には釣り客が多く、車町の漁師で舟だけ品川に置いている者はけっこういる。借り手は断りを入れて浜から勝手に漕ぎ出し、また元に戻しておけばいいのだ。

その釣り舟を仙左は、昼間のうちに確かめておきたかったのだ。

品川に行くとき、当然頬かぶりに竹籠を背負った姿で門前町の木戸の前を通ることになるが、行きも帰りも木戸番小屋に声を入れることはなかった。

その姿を杢之助が障子窓のすき間から見て、

（ふむ）

無言でうなずいたのは、品川から帰りのときだった。

背の竹籠が空なのを見て、

（ふふふ、舟の確認だけだったようだな。なかなか几帳面。これなら大丈夫）

感心するようにうなずいた。

その杢之助が、

（よしっ）

胸中に気合を入れたのは、ふたたび品川方向に歩を踏む仙左の姿を認めたときだった。陽は西の空にかなりかたむいた時分だった。竹籠こそ背負っていないが、手拭いの頰かぶりに股引《ももひき》を穿《は》き着物を尻端折にし、そこに法被《はっぴ》をちょいと引っかけていた。職人のようでそうではないような、背に笠を提げているので遊び人にも見えない。

その姿が木戸番小屋の障子窓の外を過ぎると、

（さあて）

杢之助は再び胸中に気合を入れ、おもてに出た。着物を尻端折に地味な股引は普段のままだが、首には拍子木ではなく手拭いを巻き、足は白足袋に下駄ではなく、黒足袋にわらじの紐をきつく結んでいる。木戸番人には見えない。それでも見かけはすこし前かがみになり、踏む歩幅も狭く、いかにも還暦《かんれき》の爺さんになっている。まだ昼日中《ひるひなか》のうちで、木戸番人にとっては暇な時間帯だ。いつもの木戸番人の姿でなくても不思議はない。

歩を進めるようすは、町内に普段から見せている、還暦にふさわしい姿だ。すり切れ畳に座っていても、年寄りじみた肩と仕草がいかにもその歳《とし》を示しているが、中間の左右太が木戸番小屋に来て見ていた杢之助も、そのような年寄りじみたものだった。

街道に人通りは多く、往還に出した日向亭の縁台にも、参詣人らしい客が数人座っている。

「あらあ、木戸番さん。お出かけですか」

木戸番小屋を出たところで、女中が声をかけてきた。

木戸番人姿ではないだけで、別段変わったところはない。これがきつく結んだわらじではなく雪駄なら、まったく近所の爺さんの散歩といったところだ。女中はそこまでは見ていない。笠を背にしているが、それも奇異ではない。ちょいと出かけて西日がまぶしければかぶるだけだ。

「ああ、ちょいとな。そうそう、きょう権十どんと助八どんが、番小屋で軽く一杯《いっぺえ》やっていくことになっていてなあ。帰《けえ》って来たら、油皿に火を入れてやってくんねえか。ああ、儂がちょいと野暮用で出かけることは知ってるから」

「ああ、あの権助駕籠ですね。よござんすよ」

女中はこころよく返した。

これで木戸番小屋に杢之助がしばらくいなくても、町内で首をひねる者はいないだろう。権助駕籠は間もなく、陽のあるうちに帰って来るだろう。

街道に出た。

六

西日がきつい。

街道を品川方面へ行く者の多くが、笠を目深《まぶか》にかぶっている。

杢之助も泉岳寺門前町を離れると、さっそく手拭いで頬かぶりをし、さらに笠をかぶって顔を隠し、大股になった。自然に伸びた背が、いくらか前かがみではなく前倒しになる。

周囲の多くがそのように歩を進めている。そうした街道のながれのなかに、杢之助は還暦に近い爺さんにはまったく見えない。門前町の住人とすれ違っても、それが新たに木戸番小屋に入った木戸番人とは気がつかないだろう。

品川宿に入った。海浜の街道に歩を進めているとき、仙左の姿は認められなかったが、行き先は分かっている。

陽は西の空にかたむき、かえって前方が見づらくなる。これから急速に陽は落ちはじめるが、西の端に沈むにはまだ間がある。

笠の前を下げ、顔を隠した。品川には四ツ谷左門町時代に毎日のように木戸番小屋に来て杢之助に親しんでいた太一《たいち》が、老舗《しにせ》の海鮮割烹へ奉公に上がり、包丁人の道を進んでいる。

ばったり出会ってはならない。とくにきょうは、杢之助が品川の地を踏んでいることを知っているのは、すこし先行している仙左だけなのだ。

繁華な町場を避け、海岸近くの往還に歩を取った。

浜辺に出た。水際近くに数艘の小舟が陸揚げされている。

その舟の一艘に、人影が動いている。

仙左だ。

櫓の具合を確かめたり、舫《もや》い綱《づな》をほどいたりしている所作が堂《どう》に入《い》っている。

(さすが弁才船の船方衆だぜ。まったくの漁師にしか見えねえ)

思いながら近づくと、仙左も杢之助に気づき、

「おう、早《はよ》う乗りなせえ。波の具合もちょうどいい」

「おぉう、待ってくんねえ」

李之助は足場の悪い砂浜を走った。

その所作が若い。

近くで漁師が一人、舟の具合をみていた。

「これからかね」

「夕暮れの穴場狙いだが、夜釣りになるかも知れねえ」

「気をつけなせえー」

漁師と仙左の会話がつづく。漁師は仙左を、舟を扱う所作や受け応えから、いずれかの同業と思ったことだろう。あとから来た李之助も、軽やかな動きと身なりから、その仲間にしか見えない。仙左と李之助は互いの名や職を、まったく口にしていない。

仙左が押し出しはじめた舟に李之助は、

「ようっ」

地を蹴り飛び乗った。

仙左も舟底が地を離れると、

「よっ」

飛び乗り、櫓につかまって漕ぎはじめた。

さきほどの漁師が手を休め、

「いま波はおとなしいが、夜には高くなる。気をつけなせえーっ」

「おーうっ」

仙左が返し、浅瀬に櫓を巧《たく》みに動かし、沖合に漕ぎ出た。

波の上である。舟には二人以外、誰もいない。

仙左は櫓を漕ぎ、品川沖を袖ケ浦の薩州蔵屋敷の方向に向かっている。杢之助と左右太の話し合いで、洋上での取引となったのだ。場所は袖ケ浦の御用地と薩州蔵屋敷のなかほど、ちょうど車町や泉岳寺門前町の沖合ということになる。日向亭の縁台からこまめに海を見ておれば、その動きは見えるかも知れない。だが、それが木戸番人と浪打の仙左、それにときどき門前町に来ていた武家の中間だと気づく者はいないだろう。杢之助も左右太も、いい場所で折り合いをつけたものである。

仙左は笠をかぶり、頰かぶりで顔を隠している。この日に雇われた船頭《ふながしら》となっている。ならば杢之助は、窩主買ということになる。おなじく笠をかぶり、頰かぶりで顔を隠している。海の上では、佐伯太郎左衛門も左右太も、それに用人も来ていたとしても、それと気づくことはないだろう。

仙左は慣れた腰の動きと手つきで、軽やかに櫓を漕いでいる。狭い胴間《どうま》に座っている李之助からは、それが低くなった西日を受け、一幅《いっぷく》の影絵に見える。李之助の膝には、仙左がふところに入れて来た房紐付きの布袋が置かれている。その重みを李之助はズシリと感じている。脇には波が出て来たときの予備か、櫓を小型にした櫂《かい》が一丁転がっている。

　仙左が言う。

「李之助さん、さっきは驚きやしたぜ」

「なにが」

「なにがって、砂にゴロタ石の混じった歩きにくい足場を、李之助さんは走って来なすった」

「おめえがすぐに出すと言ったからだ」

「それもありやしょうが、舟に着くなり舟べりをつかみ、ひょいと飛び乗った。あの軽業《かるわざ》、水手《かこ》か漁師にしかできやせんぜ。それを李之助さんは、いとも簡単にやりなすった。本当に還暦近いお歳ですかね」

(見せてしまったか)

　李之助は瞬時思い、同時に、

(このあと、さらに見せ場を作らなきゃならねえかも知れねえ)

思えてくる。

仙左はつづけた。

「ほんとに以前、なにをやってらしたんで？　このまえ聞いた、飛脚だけじゃ承知しやせんぜ」

「ははは、それだけだ。それよりもおめえ、弁才船に乗りゃあ水手から荷物賄方《にもつまかないがた》に出世する。無鉄砲さに加え、算盤と読み書きが武器になったのだろう。浪打などと二つ名を取るようになりゃあ、こんどは二本松の親方さんに認められ、あの家業の経理《きりもり》を任された。並みじゃねえぜ」

「そう見えやすかい」

「見える」

なおも仙左は波間に櫓を操《あやつ》り、杢之助はその揺れに安心して身を任せている。

仙左のほうから言った。

「杢之助さんの目からは、どんなふうに見えやすかい」

「おめえ、元は気風のいい商人で、手慰みかなにか、くだらねえことで身を持ち崩したんじゃねえのかい」

「なにを！」

突然だった。仙左はいきり立ち、舟が大きく揺れた。

すぐ元に戻り、

「くだらねえことじゃござんせんぜ」

櫓を漕ぐ手を休めず、淡々とした口調で話しはじめた。

「場所は東海道の、箱根《はこね》の手前でさあ。家は船こそ持っていねえが、奉公人のけっこう多い海鮮問屋でやした。そこに幼い一人息子がいたと思ってくだせえ」

「ふむ。思った」

杢之助は返したが、胸中に悪い予感が湧くのを覚えた。

仙左はなおもつづけた。

「その息子が十歳のときでさあ。家に盗っ人が入《へえ》って両親と奉公人の幾人かが殺され、当然、商舗《みせ》は消滅し、せがれは親戚をたらいまわしでさあ。親戚はいずれも商人でやしたから、読み書き算盤は欠かさず仕込まれやした。いまその息子が親戚に感謝しているのは、そのことだけでさあ。あとはもう小僧同然で、しかも厄介者《やっかいもの》あつかいでやした。そこに我慢ならず、十三のときに親戚の家を飛び出し、あとはもう、ほれ、二本松の親方に似たお人は、どの宿場や城下町、寺社の門前にもおいででやすねえ。あちこちで、ずいぶんとお世話になりやした。なかには盗賊まがいの一家もありやしてね、そんな危ねえところはさっさと遁走《とんずら》を決めこみやしてね。おっとっと」

舟は大きな横波を受けた。かなり沖合に出たのだ。

話はそこで途切れた。仙左はいま三十がらみだから、もう二十年もまえの話になろうか。

（東海道のどの町だか知らねえが、いってえどの一群がやりやがった）

李之助の胸中の高鳴りは、打ち寄せる波の比ではなかった。盗っ人にも一分《いちぶ》の理がある場合もあろうが、押込んだ先で人を殺《あや》めるなど、取り返しのつかない非道であり、李之助の脳裡では、いかなる理があろうと、

（許せぬ）

ことなのだ。

李之助がかつて副将格となり、江戸を震撼させた大盗賊の白雲一味《しらくもいちみ》を消滅に追い込んだのは、そこに原因があった。十数年まえの話である。

李之助は揺れるなかに両手で舟べりをつかまえ、影絵となっている仙左の姿を見つめつづけた。沖合に出たせいか、舟の揺れは止まらない。影絵の仙左は櫓に集中し、口の動きは止まった。だが李之助の胸中は、激震を覚えていた。

　仙左は本来ならいまごろ、東海道のいずれかの宿場町で海鮮問屋のあるじに収まり、子の一人も授《さず》かっていたのではないか。

　それが盗賊の非道によって根こそぎ打ち砕かれた。

（すまねえ）

　杢之助には思えてくる。もちろん二十年ばかりもまえの、東海道のいずれかの宿場での押込みは、まったく杢之助の知らないことである。だが、やったのは杢之助の盗賊時代に重なり、いわば同時期の同業なのだ。

　揺れる胴間に、さらに思えてくる。

（こたびの大仕事の報酬は十両。どう遣《つか》うか、おめえ次第《しでえ》だぜ）

　念じたのへ波が合わせたか、舟が大きく揺れた。

「舟べりにつかまってくだせえっ」

　仙左が櫓を操りながら声を投げてくる。

「頼むぞ！」

　舟の操作《そうさ》だけではない。

　道を外さぬための元手に、

（遣《つか》ってくれろ！）

そこへの〝頼むぞ！〟でもあった。

「おぉうっ。任せなせいっ」

仙左は応えた。波しぶきを浴びるが、陽はまだ沈んでいない。

舳先《へさき》が向きを変え、岸辺に向かった。

波がいくらか収まる。岸辺に寄ったせいもあるが、風が収まったのだ。

仙左が言った。

「来やしたぜ」

座っている杢之助からは見えないが、立っている仙左からは見えるようだ。

上下する波間に、

「お、泉岳寺か！」

杢之助からも見え隠れした。いつのまにか御用地を過ぎ、舟は門前町や車町の沖合に来ていたのだ。

「お、向こうさんは三人」

用人も来ているようだ。

仙左がまた言う。

「頬かぶりと笠、しっかり頼みやすぜ」

「仙左どんもな」

頬かぶりに笠。揺れる小さな舟の上では、顔までは見えない。しかも杢之助たちの舟はいま、西から東に向いている。沈みかけた太陽を背にしているのだ。向こうの三人から、杢之助と仙左の乗った舟と人は、全体がそれこそ光を背負った影絵にしか見えない。

双方の舟は近づいた。

近くに他の小舟はなく、遠くに幾艘《いくそう》かの弁才船の帆が見える。それらからこの小舟二艘は見えても、そこに動く人影までは視認できない。

波間に声をかければ聞こえるほどの距離になった。

七

「殿、来ました。櫓の動きから、ありゃあ手慣れた船頭でございましょう。座ってるのが窩主買と思いやす。会ったことはござんせんが」

櫓を漕いでいるのはまさしく左右太である。胴間に座っている武士二人に言っているらしいのが窺《うかが》える。むろん舟の上でのやりとりだから、声は波間に消え聞こえない。武士二人が座ったまま、背筋を伸ばし手をかざし、仙左の影に目を凝らしている。

李之助たちの舟からは、上下動しながらもそれらの動きがはっきりと見える。

李之助が櫂を支えにすっくと立ち上がり、

「佐伯さま主従のお方らとーっ、お見受けいたしまするーっ」

客が釣り舟の胴間に立ち上がるなど、船頭とよほど息が合い、かつ動作の機敏な者でないとできない。太郎左衛門とその用人には無理だ。しかもかけた声が、なにやら若やいでいる。李之助の精一杯の演技だ。その李之助と木戸番小屋の中で幾度か顔を合わせている左右太さえ、

(なんと器用な若い人)

と思ったほどで、それが還暦の木戸番人だなどとは、およそ想像の範囲外のことである。

「い、いかにも。例の品ぁー、持って来たるかーっ。まずはーっ、示せーっ」

揺れる舟の上では、音声《おんじょう》も発しにくい。

「心得てございますーっ」

李之助は胴間に腰をかがめ、房紐付きの布袋を手に取り、

「これにーっ」

「おおっ」

かざしたのへ、太郎左衛門は手で向かい日をさえぎり、目を凝らした。まさしく浪速丸の上で海に滑り落とした形状のままである。

杢之助は布袋から金無垢の延べ板の一端を見せ、すぐしまいこんだ。すべてを見せるのは危険だ。舟が揺れ、浪速丸のときのように波間に滑り落としかねない。

杢之助の所作を追うように、

「ここにーっ、約束の金子《きんす》、用意いたしたーっ、十両っ」

用人が言い、座ったまま十両の包みを示した。

太郎左衛門らは、舟の上でしきりになにやらやり取りしている。舟の舳先の動きで話の中身が分かる。

「向こうの背後へまわれ」

「したが、向こうも……」

「なにをしておるっ」

「へ、へえ。向こうも、どうも……」

太郎左衛門の差配に、返す左右太の声は悲鳴に近かった。

左右太がすれ違いざまにうしろへまわろうとすると、仙左はおなじ方向へ舳先を向け、背後をとらせないようにする。

「くそーっ」

左右太が逆方向へ舳先をまわそうとすると、

「てやんでいっ」

と、仙左もそのほうへ舟を向け、相手の動きを封じる。

そのたびに舟は揺れるが、杢之助は櫂で身を支え立ったままである。仙左が櫓を器用に動かしながら、

（この人、いってえ！）

と、驚嘆するほどだから、座って舟べりにつかまっているのが精一杯の太郎左衛門やその用人から見れば、

（窩主買は水手《かこ》上がりか!?）

などと思っているかも知れない。

一度離れた二艘の舟が、ふたたび手を伸ばせば届きそうなほどに接近する。

左右太が悲鳴を上げた。

「向こうは熟練の船頭だあ、あっしにゃあとてもーっ」

「このままで構わん。横づけにしろ」

太郎左衛門が叫び、

「へいっ」

左右太は舟をまっすぐに進めた。

このとき、沈みかけた陽光を背にしている杢之助は、的確に見た。ふたたび至近距離に近づく舟の上で用人が片膝立《かたひざだ》ちになり、刀の柄《つか》に手をかけている。抜打ちの構えだ。杢之助はとっさに解した。

(殺《や》る気だ！)


杢之助と左右太は、木戸番小屋で取り決めていた。

――舟と舟がすれ違うとき、舟べりを互いに寄せ合い、十両と物《ぶつ》を交換する取引が無事に終わった瞬時に、用人が相手の舟に飛び移り、すっぱ抜きをかけて窩主買と船頭を斬り捨てる。

小さな釣り舟ならそれで転覆する。斬り込んだ用人は斬った相手もろとも海に放り出される。だが左右太と太郎左衛門は舟の上に健在である。すぐに救い上げられる。十両は海の底に沈んでも、金無垢の聖母像は手元に残る。杢之助の提示した十両とは、そうなっても惜しくはない額なのだ。

これから海にも陸にも夜の帳《とばり》が降りる。死体も転覆した舟も沖にながされようか。数日後にいずれかが海岸に打ち上げられたとしても、それは袖ケ浦から遠く離れ、釣り舟の事故として処理されるだろう。

窩主買との仲介をした木戸番人は、その品が本当はどんなものかは知らないし、知ろうともしないはずだ。まして名乗り出ることなど、まずあり得ない。この世で佐伯屋敷の者以外は、そのような品の存在も知らず、すべてがなかったこととなる。

太郎左衛門にしては盤石《ばんじやく》の策であろう。

双方の舟が突進するように近づく。

(来た、来た、来た、さあ来いっ)

「むむむむむむっ」

櫂を支えに仁王《におうだ》立ちの杢之助が思えば、用人は片膝立ちで均衡を取りながら、刀の柄に手をかけている。

「ぶつかりやす」

仙左の声に、

「おう」

杢之助は素早く腰を落とし、かがみ込む姿勢になった。立ったままでは、ぶつかる衝撃に耐えきれない。

「真っ当な取引をーっ」

「おーっ」

窩主買に扮《ふん》した杢之助の声に、用人の声が応じた瞬間だった。

洋上に反射していた煌《きら》めきが消えた。陽が西の山の端に入ったのだ。

同時にそれは、太郎左衛門らの舟からも、杢之助たちの舟のようすが的確に見えるようになった瞬間でもある。

──ゴツッ、ギギギギギッ
小舟と小舟が舳先をぶつけ合い、そのまますれ違おうとする。

窩主買になり切った杢之助は金無垢の聖母像の入った布袋を、

──カシャ
相手方の舟に投げ込み、太郎左衛門は、

「確かにっ」

十両の包みを、舟べりをすり合わせた対手《あいて》の舟に投げ込んだ。

十両は間違いなく払われた。

金無垢の延べ板も確かに返した。

瞬時のことだが、舟は互いにへりとへりをすり合わせたまま、すれ違うように移動している。

「キエーッ」

用人にとっては満を持した気合であったろう。波音を裂く声と同時に腰を上げ胴間を蹴った。

「ひーっ」

悲鳴は仙左だ。不意のことに杢之助と呼吸を合わせる余裕はなかった。舟は大きく揺れる。

用人も杢之助たちの舟に飛び移ったものの足をもつれさせ、中腰になっている窩主買の杢之助より、立っている船頭の仙左に斬りかかったのだ。

そのようすが左右太たちの舟からもくっきりと見える。

「違うぞ！」

叫んだのは太郎左衛門だった。策は一撃で窩主買を斬り、船頭は二の次だった。

蹴ったとき舟は揺れ、飛び移ってからも足をもつれさせ、中腰になり櫂で防御しようとする窩主買よりも、無防備で櫓につかまって立っている船頭へ、とっさに斬りかかったのだ。

——グキッ

刀は櫓の一部を裂き、仙左の笠を斬り飛ばしていた。

「わーっ」

ふたたび悲鳴を上げ、のけぞった仙左は笠をつかまえようとし、頬かぶりの手拭いを引き剝がしてしまった。一方の舟から声が飛んだ。

「あ、おまえ。浪速丸のっ！」

視界を惑《まど》わしていた夕陽の沈むのが、ひと呼吸早かった。太郎左衛門はその顔を慥《しか》と視認した。

舟のへりとへりが擦《す》れ合っている至近距離だ。その声は杢之助の耳にも達し、仙左も慥と聞いた。そのとき杢之助の目と体は用人の動きに集中していた。自分に向かって来ればすばやく刃《やいば》の下にもぐり込み、櫂で腰を打ち、海に叩き落とす算段だった。

ところが仙左に向かった。身は即座に反応した。うしろにまわした両手を胴間について上体を支え、左足を軸《じく》に腰を浮かせた勢いで右足を空《くう》に蹴り上げた。門前町の入り口で嘉助ら三人に見舞った技に似ていた。だがこのときは全身の力が右足に集中し、さらに舟の揺れも加わり、勢いは数倍するものとなっていた。

――バシ

右足の甲が用人の腰へ見事に入り、鈍い音を立てたのと、

「うぐっ」

用人が身を海老《えび》のように曲げ、そのまま前につんのめって海面へ派手に水音を立てたのが、ほとんど同時だった。

このとき太郎左衛門が声を上げたのを耳に、

「あわわっ」

のけぞった仙左も均衡を崩し、水面に転落した。仙左の水音が用人より小さかったのは、落ちざまに艫《とも》(船尾)の舟べりをつかまえていたからだった。杢之助は胴間を這《は》い、

「おい、つかまれっ」

「すまねえっ」

その身を引き上げた。

漕ぎ手を失った舟は、みるみる片方の舟から離れた。

その場に一艘となった舟からは、もう一艘が過ぎ去ったため、落ちて水しぶきを上げる用人がよく見えた。洋上ではたとえ一間《けん》（およそ一・八米《メートル》）二間でも距離感が狂い、すぐそこに感じる。

「左右太、助けよ！」

「がってん」

左右太は勢いよく返したが、そこに海の者ではない悲劇が生じた。櫓を漕いで水しぶきを上げている用人に近づくのではなく、舟べりから身を乗り出し、用人をつかまえようとした。それができる距離ではない。太郎左衛門も一緒になり、身を乗り出した。舟はかたむき、

「あわわわわっ」

転覆し、左右太と太郎左衛門は海に投げ出された。

舟は底を上にしても浮いているが、房紐付きの布袋で、佐伯太郎左衛門の切支丹を証明する品は海の底へと向かった。

日の入り後の海は、夜の帳が降りるのは早い。

「杢之助さん、あんたやっぱり、ただの人じゃねえや」

「ふふふ、たまたまさ」

ふたたび櫓を漕ぎながら言う仙左に、杢之助は返した。

舟はいま品川沖に向かい、すでに御用地の灯りがある沖合も過ぎている。

「仙左どん、おめえもなかなかだぜ。したが、聞いたかい」

「へえ、聞きやした」

転覆するまえに叫んだ太郎左衛門の言葉である。

「おめえ、あの殿さんに顔を見られた」

「そのようで」

暗くなった洋上に、仙左は陸《おか》の灯りを頼りに櫓を漕いでいる。

「もう、二本松にゃ帰《けえ》れねえぜ。佐伯の殿さんがこのまま、おめえを見逃《みのが》すはずはねえ」

「分かっておりやす」

仙左は櫓を漕ぎながら淡々と言う。すでに考えるところはあるようだ。

舟と舟が離れ、用人が海に転落したのは見ていても、暗くなりかけみるみる遠くなった舟に、いかような動きがあったかは知らない。少なくとも、追いかけて来ていないことだけは確かだ。

ますます杢之助をただ者とは思えなくなった仙左の前で、用人の腰を打ったとき、その腰の骨を砕いたのを感じたことを、口に出すことはなかった。舟べりにつかまり、杢之助はつづけた。

「二本松に迷惑をかけてもいけねえ。ここにある十両、おめえのものだ。これを元手に、ここから目につかねえところに、まっとうな暮らしの場を見つけろ。それがなあ、盗賊に殺されなすったご両親への最大の供養にならあ」

「…………」

仙左は黙したまま櫓を漕ぎつづけたが、波音に混じる杢之助の言葉は、懸命にすくい取ろうとしていた。

「そりゃあ、おめえの親を殺した盗賊は憎《にく》かろうよ。だがな、その憎い仇《かたき》どもとおなじような道をおめえが踏むなんざ、草葉の陰の両親を、さらに悲しませることになるんじゃねえのかい」

「ううっ」

かすかに仙左がうめいたのを、杢之助は聞いた。

言った。

「おめえほどの器量だ。できるぜ。〝浪打の〟などといった二つ名なんざ捨ててよ。

親御《おやじ》さんに、供養してやんねえ」

仙左は返した。

「すぐそこでさあ、着きやすぜ」

舳先は漕ぎ出した浜に近づいていた。

天保九年（一八三八）すでに盛夏《せいか》の皐月《さつき》（五月）の声を聞く季節だった。

八

空駕籠を担いで木戸番小屋に声を入れ、海からの朝日を受け街道に出ようとした権助駕籠に、

「あらー、元気そうね。きのうそこで遅くまでご相伴《しょうばん》に与《あず》かってたみたいだから」

日向亭の若い女中が声をかけた。往還に縁台を出したところだ。

「てやんでえ。ご相伴なんかじゃねえぜ。町のため、留守番をしてたのよ」

「火の用心にまわるめえにゃ木戸番さん、帰って来なすったがね。律儀なお人だ」

いつものように前棒の権十が返せば、後棒の助八がつづける。

昨夜、品川で仙左と別れ、一人で帰って来たのは、その日一回目の夜まわりをす

る少しまえだった。

きのう、権十と助八が門前町に帰って来たのはまだ明るいうちだったが、杢之助はもう出かけていた。二人は言われたとおりすり切れ畳に上がり、一杯やり出した。陽の落ちるまえに坂上の門竹庵からお絹が娘のお静を連れ、一升徳利とけっこうな肴《さかな》を携《たずさ》えて来た。

「――えっ、モクのお爺ちゃん、お出かけ？」

と、お静は杢之助の留守を残念がったが、

「――まあ、さっそく出かける場所などができて、もうこの町にすっかり根を下ろしてくださったんですね」

と、お絹は杢之助がこの町で私的にも動いていることに満足を覚え、

「――じゃあ、これ。皆さんで召し上がってくださいな。木戸番小屋と駕籠溜りさんはおとなりさん同士ですから、木戸番さんをよろしくお願いしますね」

と、持参した徳利と肴を置いて行った。

二人は大喜びで、杢之助が急いで戻って来たときにはもうへべれけで、おとなりながら杢之助が肩に担いで送って行ったほどだった。

ひと晩寝れば酔いは醒めたか、二人はきょうも勇んで街道に出たのだった。
木戸番小屋の中で一人、権助駕籠と日向亭の女中のやり取りを聞きながら、
(ありがとうよ、町内のお人ら)
門前町の木戸番小屋に住まわせてもらったことに感謝し、
(だから儂は、町の平穏を祈り……)
杢之助は念じた。
その一方に、品川の夜の海岸で別れた仙左のことが気になった。
(やつなら大丈夫)
確信に似た思いが込み上げてくる。
案じられるのは、名も知らないあの用人である。
(あのとき……)
用人の腰に足技の一撃を見舞ったとき、
(感じた)
用人の腰の骨を砕いたかも知れない。
(殺しちゃいない)
海に落ち、手足をばたつかせているのを、確かに見た。

だが、案じられる。あの用人に恨《うら》み辛《つら》みもない。佐伯家にとっては忠義の士に違いないだろう。

夜の帳が降りようとしているなかに舟が潮に流され、急速に離れていくとき、仙左を救い上げるのが精一杯で、左右太らの舟がどうなったかはまったく知らない。あとは逃げの一手だったのだ。

そのあとの消息を、佐伯屋敷へ問いに行くなどできない。権助駕籠や嘉助らに、探りを入れるよう頼むのも不自然で、危険だ。

午《ひる》を過ぎたころ、浜のほうから気になるうわさがながれて来た。

――昨夜、近くの沖で釣り舟が一艘、横波を受けて転覆したらしい

――お武家の夜釣りだったらしいぞ

〝武家〟であれば、町場の者が口をはさむことはできない。

一日、杢之助は新たなうわさを待った。

夕刻近く帰って来た権助駕籠や他の駕籠舁きたちに、それとなく訊いたが、いずれも舟の転覆のうわさを耳にしていなかった。

かえって気になる。それが佐伯家の出した舟なら、なにが起こっても隠匿《いんとく》するはずだ。駕籠舁きたちが知らないと言うのが、

（それは佐伯屋敷……）

であることが、かえって濃厚になる。

そこに確信を持ったのは、翌日の夕刻近くだった。

中間姿の左右太が木戸番小屋を訪ねて来たのだ。

すり切れ畳に腰も下ろさず、うしろ手で腰高障子を閉め、三和土に立ったまま早口に言う。

「おめえさんがつなぎを取ったあの窩主買なあ、若《わけ》え野郎で舟にも慣れていて、身のこなしの速《はえ》え男じゃねえのかい。居場所は分かるかい」

杢之助はとぼけた。

「えっ、そんな器用な窩主買、知らねえぜ。儂がつなぎを取ったのは、ずんぐりむっくりの男だ。まあ、あの世界、得体が知れねえからなあ。まとめ役と買付け、売人《ばいにん》は別物で、それぞれ分担が決まっているらしい。儂に訊いても無駄だぜ。かりに儂がその一端でも話してみねえ。儂の命はなくなるし、居場所を訊いたおめえさんだって、なんらかの波をかぶるぜ」

「まあ、そんな感じで、闇の中みてえな連中だろうが、車町の二本松に寄ったついでに来たまでだ。気にしねえでくんな」

「二本松に？　あ、おめえさん、これをやりなさるのかい」

李之助は手で盆茣蓙の動きを示した。

左右太は慌てたように、

「そんなんじゃねえ。屋敷《うち》の旦那がおととい船頭の顔を見知っていて、そこをたどっていくと車町の二本松にたどりついたのよ。それで行ってみると、もういねえっていうじゃねえか。どこへ消えたかも知らねえ、と。おめえさん、なにか聞いたり心当たりなどはねえかい」

さすが左右太で、一日で二本松にたどり着いたようだ。おそらく蓑助あたりに探りを入れたのだろうが、

(仙左を旅立たせておいてよかった)

ホッとしたものを李之助は感じた。

「知らねえなあ、向こうの町のこたあ」

応え、そのまま訊いた。

「きのう浜のほうから、おととい夜釣りの舟が一艘転覆したらしいとのうわさがながれてきたが、おめえさんとこの舟じゃねえのかい。どなたかひとり、土左衛門《どざえもん》になったらしいともいうが、ま、おめえさんでなくてよかった。いまここに来て、ピ

ンピンしてるんだからなあ。で、取引はうまくいったのかい」

　意外な答えが返ってきた。

「そうかい。もう話がながれてるんじゃ、隠しても仕方ねえ。ああ、転覆はあった。土左衛門になった人も一人。だがな、取引は上々だ」

「舟が転覆で土左衛門が出て上々？　なんでえ、それって」

「おかげでな、騒ぎの元がきれいさっぱり御破算《ごはさん》さ。俺《おり》ゃあ、けえって清々《せいせい》してらあ。お家はこれで安泰、俺のねぐらも喰い扶持《ぶち》も揺るぎねえ。土左衛門になったお人にゃ気の毒だが、お屋敷がその家族にゃ十分な手当てをしなさらあ。土左衛門になったおこうなるのに十両たあ安いもんだぜ。ま、交渉に当たった俺の手柄さ。じゃましたな。

とでこのあと何かうわさがながれて来ても、知らん顔をしていてくんねえ。それがおめえさんのためにもなるんじゃねえのかい」

「そういうことかい。ま、心得ておこうじゃねえか」

　左右太は言うだけ言うと、杢之助の声を背に腰高障子を開け、外に出るとまたきちりと閉めた。所作にも律儀なところがある。

　障子戸から遠ざかる影を杢之助は目で追い、胸中に念じた。

（忠義の奉公人だぜ、おめえさんは。殿さんも因果な異国の神さんを信心しなすっ

た……そう思っているだろう。儂も思うぜ）

外はもう、障子戸へ影も映らぬほどに暗くなっていた。

この日の最後の火の用心にまわり、町内を一巡し、坂上につづく黒い家並みの輪郭に向かい、

（こうなりやした。この町に、これからも住まわせてくだせえ）

念じ、ふかぶかと腰を折り、向きを変え波音ばかりが聞こえる海に向かい、

（成仏してくだせえ）

合掌した。

他の町の倍はある木戸を閉めた。

つぶやいた。

「因果よなあ、儂も生きている限り……」

光文社文庫

文庫書下ろし／傑作時代小説
潮《しお》騒《さい》の町《まち》　新《しん》・木《き》戸《ど》番《ばん》影《かげ》始《し》末《まつ》(一)
著者　喜《き》安《やす》幸《ゆき》夫《お》

2021年6月20日　初版1刷発行
2021年8月25日　2刷発行

発行者　鈴木広和
印刷　豊国印刷
製本　榎本製本

発行所　株式会社 光文社
〒112-8011　東京都文京区音羽1-16-6
電話 (03)5395-8149　編集部
8116　書籍販売部
8125　業務部

ISBN978-4-334-79212-1　Printed in Japan

組版　萩原印刷

光文社時代小説文庫　好評既刊

清搔　佐伯泰英
初花　佐伯泰英
遺手　佐伯泰英
枕絵　佐伯泰英
炎上　佐伯泰英
仮宅　佐伯泰英
沽券　佐伯泰英
異館　佐伯泰英
再建　佐伯泰英
布石　佐伯泰英
決着　佐伯泰英
愛憎　佐伯泰英
仇討　佐伯泰英
夜桜　佐伯泰英
無宿　佐伯泰英
未決　佐伯泰英
髪結　佐伯泰英

遺文　佐伯泰英
夢幻　佐伯泰英
狐舞　佐伯泰英
始末　佐伯泰英
流鶯　佐伯泰英
旅立ちぬ　佐伯泰英
浅き夢みし　佐伯泰英
秋霖やまず　佐伯泰英
木枯らしの　佐伯泰英
夢を釣る　佐伯泰英
春淡し　佐伯泰英
まよい道　佐伯泰英
赤い雨　佐伯泰英
乱癒えず　佐伯泰英
祇園会　佐伯泰英
佐伯泰英「吉原裏同心」読本　光文社文庫編集部 編
八州狩り 決定版　佐伯泰英